SOMMAIRE

LE TAOÏSME
LA RÉVÉLATION CONTINUE

Vincent Goossaert et Caroline Gyss

DÉCOUVERTES GALLIMARD
RÉUNION DES MUSÉES NATIONAUX
RELIGIONS

閩海蓬萊

Le taoïsme se déploie à travers l'histoire comme une suite ininterrompue de révélations issues de la religion chinoise et de ses cultes locaux, qu'il vise en permanence à théoriser, intérioriser et sublimer. Des immortels de l'Antiquité aux courants mystiques des premiers siècles de notre ère, des nouvelles écoles rituelles jusqu'aux mouvements éthiques de l'époque moderne, le taoïsme se renouvelle en permanence.

CHAPITRE 1

UNE BRÈVE HISTOIRE DU TAOÏSME

Le taoïsme s'intègre totalement dans le terroir et le paysage chinois, comme l'illustre à gauche la statue monumentale de Laozi près de Quanzhou (province du Fujian). Ci-contre, cette urne funéraire, où alternent talismans, au centre, et écrits de salut destinés à protéger la sépulture, en est l'une des plus anciennes traces archéologiques.

Le *dao* et l'émergence du taoïsme

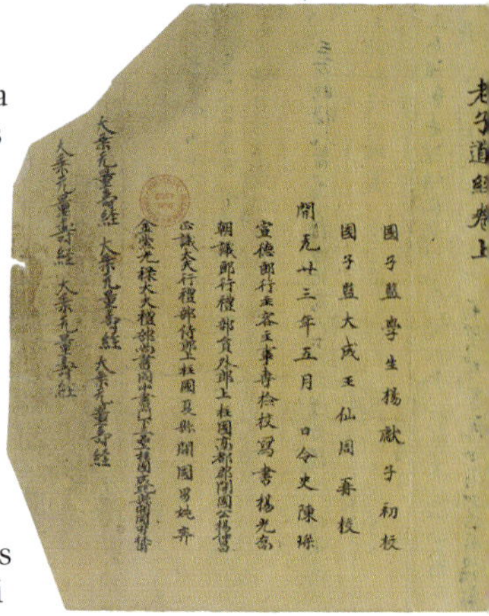

Il n'y a pas de début daté du taoïsme, sinon la création de l'univers lui-même, que les textes cosmologiques taoïstes décrivent comme un processus spontané faisant émerger du Dao – le principe primordial, souvent traduit par « la Voie » – l'un, puis le deux, puis le multiple et tous les êtres. Ce processus peut être analysé objectivement, maîtrisé voire inversé. Le terme de *dao*, qui est au cœur de cette cosmologie et qui donne son nom au taoïsme, n'est pas l'apanage du seul taoïsme, puisqu'il est commun à l'ensemble de la culture chinoise dans toutes ses diverses traditions. De fait, les notions et les idées qui en vinrent à être spécifiquement associées au taoïsme apparaissent sous l'Antiquité (du VIIIe au IIIe siècle avant notre ère) dans les divers textes des penseurs et ne sont que progressivement agrégées à un courant identifiable que l'on nomme, à partir du Ier siècle avant notre ère, taoïsme (« école du Dao », *daojia*, ou « enseignement du Dao », *daojiao*, termes qui restèrent très longtemps synonymes).

Les textes les plus anciens de ce courant sont le *Daodejing* (Livre du Dao et de sa Vertu), un recueil d'aphorismes attribué à Laozi, et le *Zhuangzi*, recueil composite attribué à Maître Zhuang (Zhuangzi) et qui constitue l'un des sommets de la littérature spéculative chinoise, et d'autres textes encore, plus fragmentaires et moins connus en Occident. Si Zhuangzi semble avoir été un philosophe du IVe siècle avant notre ère à qui on peut attribuer une partie du livre qui porte son nom, l'existence historique de Laozi est plus que douteuse. La riche hagiographie le concernant, qui se développe à partir du Ier siècle avant notre ère, voit en lui un des maîtres à penser de Confucius. Le Vieux Maître (c'est le sens du terme *laozi*), dégoûté par la décadence de son temps, serait parti vers l'Occident en laissant le *Daodejing* à son unique disciple, Yin Xi, avant de disparaître. Le prestige du livre, favorisé très tôt par les très nombreuses interprétations dont il fait l'objet (pure

❝Il y avait une chose chaotique et [pourtant] accomplie, / Qui existait avant que ne furent le Ciel et la Terre. / Silencieuse ! Vaste ! / Elle se tenait seule, sans jamais [elle-même] changer, / En un mouvement cyclique sans faille. / On peut penser à elle comme étant la Mère de tout ce qui est sous le ciel. Son vrai nom, je ne le connais pas ; on lui donne le nom poétique de « la Voie » [...] / La Voie est régie par « ce qui est ainsi de par soi-même ».❞

Daodejing, 25, traduction de Kristofer Schipper

[Ci-dessus, la première page du *Daodejing* sur une copie manuscrite du VIIIe siècle.]

Deux versions du thème du départ de Laozi vers l'Ouest pour y convertir les barbares : ci-contre, le Vieux Maître, assis dans un chariot attelé d'un buffle, rencontre Yin Xi, le Gardien de la passe, auquel il va délivrer son enseignement. Yin Xi devient ainsi le premier et l'unique disciple direct du Maître et le récipiendaire du livre princeps du taoïsme. Ci-dessous, Laozi est assis comme en méditation sur le dos de son buffle, un rouleau, porteur de son « enseignement sans paroles », à la main.

métaphysique, philosophie politique, techniques militaires, alchimie...), renforce le développement du culte de son auteur, dont le statut ne fait que croître. Il devient, au début de notre ère, une divinité stellaire apparaissant au cours des âges pour enseigner aux hommes comment retourner au Dao – ce qui en fait une figure revendiquée par divers courants messianiques tandis que les textes mystiques du taoïsme sont adoptés comme fondements de leurs enseignements.

Les cultes des immortels

Peu de sources, hors l'archéologie, nous renseignent sur la vie religieuse au sein de la société de la fin de l'Antiquité. Tout porte à croire que le *Daodejing* et le *Zhuangzi* eux-mêmes, tout en étant des œuvres originales et autonomes, étaient aussi déjà l'expression la plus aboutie intellectuellement d'un plus vaste courant, non structuré et séparé du reste du monde religieux, mais néanmoins cohérent : les cultes d'immortalité.

En réaction à la religion sacrificielle antique, très hiérarchisée socialement et dont le confucianisme s'affirme être le continuateur, les penseurs taoïstes envisagent une voie de salut plus individuelle et égalitaire, dont le modèle est celui des immortels (*zhenren*, « homme Vrai », ou *xian*) qui ont pu s'abstraire des

Le caractère *xian* qui désigne les immortels associe graphiquement homme et montagne. Les premières évocations littéraires ou artistiques de ces êtres transformés par la pratique du Dao en font des hybrides, hommes-oiseaux, habitant les sommets, buvant la rosée et chevauchant les nues, dans une harmonie parfaite avec la nature. La statuette de bronze de ce porte-lampe (ci-contre), avec ses larges oreilles, sa semi-nudité et son habit de plumes correspond à ce prototype que l'on trouve peint à la laque sur les cercueils, sculpté ou gravé sur les brûle-encens, les briques estampées et les miroirs de bronze Han. Par la suite, le terme d'immortel tend à désigner des hommes saints, dont les exploits et les miracles rejaillissent sur la communauté qui s'applique à promouvoir leur culte. Certains cultes locaux (comme celui de Xu Xun) vont connaître une expansion nationale, soutenus par des communautés qui édifient les temples et des taoïstes qui diffusent l'hagiographie du saint. L'octroi, en parallèle, de canonisations impériales peut conduire le petit saint local jusqu'au trône de divinité tutélaire d'une dynastie. D'autres cultes locaux, tel celui à Fei Zhi (page de droite), sont restés ignorés des sources tant officielles que religieuses et ont rapidement disparu.

contingences de l'existence (contraintes sociales, mais aussi limitation du corps physique). Parallèlement à la réflexion spéculative sur l'immortalité que l'on trouve chez Laozi ou Zhuangzi, se multiplie à la fin de l'Antiquité et sous les Han (220 av. J.-C.-220 apr. J.-C.) le culte de nombre de ces immortels, qui, tout en ayant échappé aux contraintes de ce monde, y sont toujours présents et aident leurs fidèles en accordant leurs grâces et en dispensant leurs instructions.

Cette stèle de pierre datée de 169 (ci-dessous), est dédiée à Fei Zhi, qui vécut près de Luoyang à la fin du Ier siècle de notre ère. L'inscription mentionne ses pratiques ascétiques, la reconnaissance de ses talents par deux empereurs et la naissance d'une dévotion locale sous le patronage d'une grande famille.

L'Église des Maîtres célestes

Les sources hagiographiques racontent que Laozi descendit sur terre en l'an 142 de notre ère pour venir investir un homme, Zhang Daoling, du titre de Maître céleste (*tianshi*), faisant ainsi de lui son vicaire sur terre et le chargeant de ramener l'humanité au Dao en rompant ses liens avec les démons. Il n'est pas certain que Zhang Daoling (tout comme Laozi) ait été un personnage historique. En revanche, l'Église des Maîtres célestes (Tianshidao) qui se forme peu après est, elle, bien réelle. Les textes que nous avons conservés, même s'ils sont pour la plupart plus tardifs, donnent une image saisissante de ce mouvement, qui s'inscrit en rupture avec la société de son temps. Les fidèles de cette Église sont tous initiés dans un système d'ordination graduée commençant avec les enfants, auxquels on apprend les noms des divinités logeant dans leur propre corps, continuant avec les couples mariés, initiés ensemble à un niveau supérieur, et culminant avec le Maître céleste lui-même, qui a pouvoir sur tous les dieux.

Cette représentation du ciel orne le couvercle d'une malle de bois laqué provenant de la tombe du Marquis Yi de Zeng, mort en 433 avant notre ère. Il s'agit de la plus ancienne représentation astronomique chinoise. Le motif central, graphie ancienne du caractère *dou*, « boisseau », figure la Grande Ourse (Boisseau du Nord), soulignant l'importance accordée à cette constellation dans les conceptions astrologiques chinoises. Un cercle irrégulier, constitué par les caractères de leur nom, illustre les vingt-huit divisions de l'espace ou « Maisons lunaires » ; le Dragon vert, à l'Est, et le Tigre blanc, à l'Ouest, parachèvent l'ensemble.

À chaque niveau, les adeptes reçoivent des textes et des règles de pureté à observer, de plus en plus exigeantes. Parmi ces règles, figurent les injonctions de ne plus avoir de rapport avec les dieux de la Chine ancienne – des héros morts que les textes de l'Église des Maîtres célestes décrivent comme des démons assoiffés de sang – et donc ne plus participer aux sacrifices ; les adeptes ne doivent honorer que les divinités pures du cosmos (les étoiles, le Dao lui-même). Ils doivent aussi respecter la nature et la vie animale, et un idéal végétarien est présenté comme le mode de vie parfait. Cette vision d'un mode de vie pur, éthique, rejetant la société existante et ses pratiques sacrificielles, était déjà proposée par d'autres textes révélés et par des mouvements messianiques de l'époque des Han (dont le Taipingdao : La voie de la Grande Paix) qui furent ainsi récupérés dans la première grande organisation communautaire taoïste connue de l'histoire.

L'Église des Maîtres célestes s'organise à la fin du IIe siècle de notre ère au nord de l'actuel Sichuan comme un État quasi indépendant, structuré en paroisses dirigées par ses prêtres. L'empire des Han, puis les royaumes qui le suivent, eux-mêmes en guerre permanente les uns avec les autres, anéantissent militairement cet État, et les sources historiques

Le mouvement des Maîtres célestes se diffuse dès le IIe siècle, à partir de l'actuel Sichuan (carte ci-contre). Plus tard, ses patriarches s'installeront sur le Longhushan qui devient la montagne sacrée du Tianshidao.

À la fin du règne des Han, une divinité héritée d'une mythologie très ancienne, mais considérée désormais comme une « immortelle ayant reçu la révélation du Dao », domine les conceptions chinoises de l'au-delà. C'est la Reine-Mère de l'Ouest, Xiwangmu, qui règne sur le Kunlun, mont mythique, séjour d'immortalité. Sur l'estampage ci-dessous, on la reconnaît à sa coiffe, *sheng*, traversée par une longue épingle. Elle est assise sur un trône mi-tigre, mi-dragon et arbore encore l'air sévère des divinités hybrides de l'Antiquité.

officielles le décrivent comme une abominable secte, surnommée « la religion des cinq boisseaux de riz » (car les adeptes payaient à la communauté cet impôt en nature). Lors des siècles suivants, divers rébellions et royaumes éphémères tentent de recréer un tel régime taoïste, mais en réalité l'avenir de l'Église des Maîtres célestes est ailleurs; ses adeptes se répandent dans toute la Chine et créent des communautés, désormais sans visée politique, mais qui s'inscrivent dans la société locale, récupérant et « réformant » plus ou moins ses cultes; les prêtres, qui transmettent les textes de l'Église des Maîtres célestes et sa liturgie, deviennent les principaux spécialistes religieux au sein de la société rurale chinoise et le sont encore aujourd'hui.

La révélation continue

L'Église des Maîtres célestes, qui semble avoir intégré bon nombre des cultes aux immortels existant antérieurement, forme le socle du taoïsme à partir du IIe siècle, mais elle ne le limite et contrôle

en aucune façon. En effet, le taoïsme se caractérise par une révélation ouverte, au contraire des monothéismes occidentaux (christianisme, islam, judaïsme) pour qui la révélation est close avec le dernier prophète/messie. Cette ouverture s'exprime de multiples manières et de façon continue tout au long de l'histoire, et jusqu'aujourd'hui. Les révélations prennent le plus souvent la forme d'un rapport direct entre des immortels et des divinités (parfois des divinités inconnues jusqu'alors, qui révèlent ainsi leur existence) et des humains élus à cet effet; ces derniers reçoivent des textes, des visions et des instructions orales, parfois aussi des objets, et sont chargés de les diffuser dans toute l'humanité. En règle générale, les révélations ne visent pas à abolir ou contredire les textes ou pratiques existantes, mais se surajoutent à elles, par le haut, si bien que le taoïsme se présente comme une tradition cumulative et englobante.

Les modes de révélations sont étroitement liés aux pratiques de possession, qui ont toujours été fortement répandues au sein de la société chinoise, et que le taoïsme a à la fois combattues (en critiquant les médiums des divinités « démoniaques ») et adoptées (en favorisant les révélations

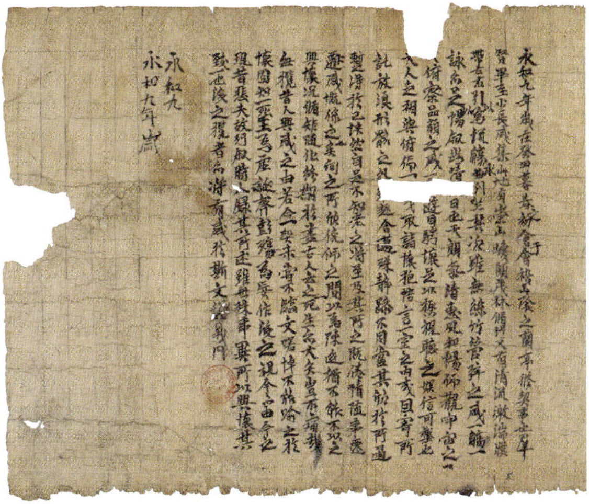

des divinités pures et des immortels). Des révélations anciennes furent le fruit de visionnaires consommant des produits hallucinogènes (et pratiquant de plus des régimes ascétiques favorisant les visions).

À partir du XIIe siècle de notre ère, la pratique de l'écriture inspirée se généralise et devient de loin le support le plus fréquent des révélations – à ce jour, des milliers de livres sont révélés par ce moyen chaque année dans le monde chinois. Dans cette pratique, une ou deux personnes, ayant préalablement invité les divinités à prendre possession de leur corps, tiennent un bâton dont les mouvements, apparemment non contrôlés, écrivent des caractères dans le sable ou sur d'autres supports, caractères qui sont ensuite notés par une autre personne puis édités, pour former des poèmes, des essais, ou des livres entiers.

Si la révélation est continue tout au long de l'histoire, certaines périodes de grande effervescence voient apparaître des corpus de révélations particulièrement importants et influents. C'est notamment le cas aux IVe et Ve siècles, puis du Xe au XIIIe siècle. Lors de la première période, se forment en particulier deux larges corpus de textes révélés qui ont un profond impact, le premier, nommé *Shangqing* (Pureté suprême), sur les techniques de culture de soi et

Wang Xizhi (en haut, à gauche, représenté en lettré dans un pavillon surplombant une étendue d'eau) vécut au IVe siècle de notre ère. Considéré comme le plus grand calligraphe de la Chine, il est l'auteur de très nombreux modèles d'écriture, copiés et calligraphiés à toutes les époques par les plus grands lettrés. La plus célèbre pièce du maître (ci-contre, dans une copie anonyme du VIIIe siècle) est la « Préface au pavillon des orchidées », rédigée en 353, lors d'une joute poétique entre amis dans un jardin pour la fête de Qingming. Wang Xizhi fut aussi un proche de Xu Mi, noble et mécène qui, dans les années 360, reçut, au travers du médium Yang Xi, la révélation du *Shangqing*.

Tao Hongjing (456-536), personnalité éminente et auteur prolifique des Six Dynasties (à gauche), se retira sur les monts Mao (Maoshan), près de Nankin, où il établit une édition critique scrupuleuse des textes autographes du médium Yang Xi. Il fut le compilateur de l'ensemble du corpus de la révélation du *Shangqing*, qui va remodeler le taoïsme médiéval et exercer une profonde influence sur les arts et lettres.

sur l'esthétique et la mystique taoïste, et le second, *Lingbao* (Joyau sacré), sur sa liturgie. Il ne s'agit pas à proprement parler d'écoles taoïstes indépendantes, mais de traditions lettrées qui se développent sur le socle de l'organisation rurale de l'Église des Maîtres célestes. Le *Shangqing* reformule les textes plus anciens sur les techniques d'immortalité, en élaborant des procédés complexes de méditation et de visualisation des divinités internes au corps et de celles du cosmos, s'adressant aux élites lettrées. Sa vision hautement mystique et lyrique aura un impact profond sur la peinture et la poésie chinoises pendant des siècles. Le *Lingbao*, pour sa part, qui marque les débuts de l'influence bouddhique sur le taoïsme, développe la cosmologie et l'eschatologie taoïstes, et introduit la nécessité du salut des défunts souffrant dans l'au-delà.

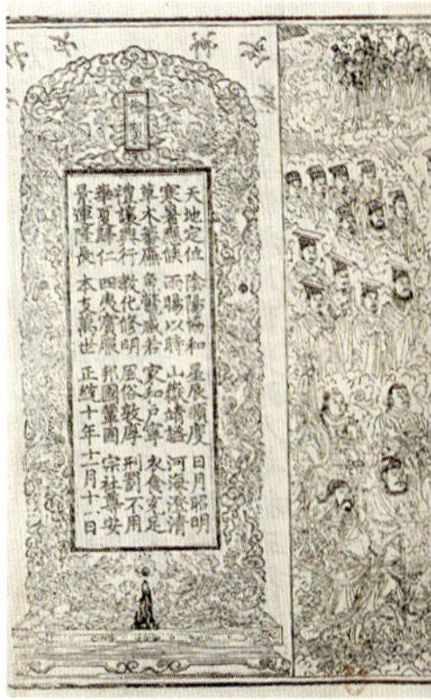

Édité en 1445, le canon taoïste des Ming est le seul qui nous soit parvenu dans son intégralité. Il est présenté ci-dessous sous la forme traditionnelle de fascicules pliés en accordéon et protégés par une reliure rigide.

Les « trois enseignements » (taoïsme, bouddhisme, confucianisme)

La multiplication des révélations et donc du nombre de textes en circulation, ajoutée au problème des « faux » textes et des imitations, rend nécessaire aux yeux de certains leaders taoïstes – à partir

Le canon des Ming (ci-dessus, dans une édition xylographiée du XVIe siècle) s'ouvre sur la représentation traditionnelle du panthéon : entourées d'une profusion de divinités, trônent les trois émanations du Dao, dieux purs du taoïsme. Portant barbe et coiffe de maîtres taoïstes, ils se détachent sur une double auréole. Au centre, siège le Vénérable Céleste du Commencement originel avec, à sa droite, Laozi divinisé, sous le titre de Vénérable Céleste du Dao et de sa Vertu, et à sa gauche le Vénérable Céleste du Joyau sacré. En contrebas, un maître taoïste assiste agenouillé à l'audience des Trois Purs.

de l'éminent exégète Lu Xiujing (406-477) – de compiler des catalogues, puis bientôt un canon entier, c'est-à-dire une collection rassemblant tous les textes jugés authentiques. Le premier canon connu est édité au VIIIe siècle sous l'autorité d'un empereur de la dynastie des Tang (618-907) et ce sera le cas de tous les canons successifs, jusqu'au dernier publié en 1445. En effet, autant qu'une collection de textes religieux, le canon marque aussi un geste politique qui définit, par ce qu'il inclut et exclut, ce qui est considéré par l'État et par les élites taoïstes comme orthodoxe (qui se trouve dans le canon), et ce qui n'est pas taoïste (même si certaines personnes l'associent au taoïsme) et s'en trouve donc exclu.

L'entreprise de compiler régulièrement un canon sous auspices impériaux est l'une des conséquences de la reconnaissance par l'État du taoïsme comme l'un des enseignements (*jiao*) orthodoxes, au même titre que le bouddhisme et le confucianisme, qui ont aussi leur propre canon définissant leur identité. En effet, le taoïsme a toujours eu partie liée avec le confucianisme. Si l'Église des Maîtres célestes à ses débuts a violemment rejeté le culte des morts et la religion sacrificielle qui était en train d'être codifiée sous le nom de confucianisme, les relations se sont progressivement apaisées, dans la mesure où, pour de nombreux intellectuels, les deux traditions étaient complémentaires autant qu'opposées.

La gravure ci-contre illustre l'harmonie des « trois enseignements » tout en donnant la préséance au bouddhisme : le Bouddha, au centre, est seul auréolé, représenté de face, la main levée dans le geste d'apaisement (*abhayamudrâ*). Les deux autres figures, de trois quarts et légèrement plus petites, ne se distinguent entre elles que par le bonnet pour Confucius et les grandes oreilles pour Laozi.

Les images bouddhiques et taoïstes sculptées aux Ier et IIe siècles de notre ère sur la falaise de Kongwangshan (Jiangsu) puisent au même fonds iconographique et stylistique. Les points communs des deux figures sculptées (ci-dessous) sont saisissants : même facture, traits identiques. La position des mains et la protubérance crânienne suffisent à identifier le petit bouddha debout, contrairement à la divinité taoïste figurée à gauche.

Le bouddhisme, pour sa part, commence à se diffuser en Chine depuis l'Inde via l'Asie centrale à partir du IIe siècle, en se présentant comme une branche du taoïsme. Ce n'est que lorsque l'Église bouddhique acquiert une taille massive, avec un clergé très nombreux, de vastes monastères et une accumulation de richesses, que les relations avec le taoïsme deviennent conflictuelles, menant à des débats théologiques virulents. Lors de la période de division de la Chine entre le IIIe et le VIe siècle, plusieurs dynastes prennent fait et cause pour l'un contre l'autre, débouchant parfois sur des persécutions. Cependant, avec la réunification de l'empire sous les Tang, l'État impérial prend acte de ce que le taoïsme et le bouddhisme sont tous deux très profondément ancrés dans la société chinoise et promulgue la doctrine de la coexistence des « trois enseignements » (*Sanjiao*), qui perdura jusqu'à la fin de l'empire en 1912.

Même si le confucianisme jouit d'un statut privilégié, le bouddhisme et le taoïsme sont également reconnus comme des enseignements orthodoxes et à ce titre soutenus par l'État, dans les limites d'un cadre réglementaire plus ou moins contraignant. Au sein de la société, si les cas de concurrence et de tensions perdurent, une coexistence paisible liée à une division des rôles est désormais le mode dominant des rapports entre les « trois enseignements », une situation bien différente de l'Occident où les courants religieux ont toujours été marqués par des conflits permanents.

Dans ce cadre, les « trois enseignements » furent pendant mille cinq cents ans en interaction et dialogue continus, si bien qu'au niveau intellectuel, les échanges de termes et d'idées furent intenses. Cependant, tandis que certains groupes religieux populaires se livrèrent à un vrai syncrétisme, fondant les trois pour en tirer une synthèse originale, le confucianisme, le bouddhisme et le taoïsme gardèrent leur identité propre et ne se mélangèrent pas.

Cette stèle datée de 515 représente Laozi divinisé flanqué de deux desservants. Si la coiffe et le chasse-mouches sont bien les attributs du Vieux Maître, sa posture et son vêtement sont en revanche empruntés aux figures bouddhiques.

Les cultes locaux

Les relations entre le taoïsme, le bouddhisme et le confucianisme ayant été définies et réglées pour un bon millénaire, c'est essentiellement le rapport aux cultes populaires qui va guider l'évolution du taoïsme tout au long du deuxième millénaire de notre ère. À l'origine, l'Église des Maîtres célestes avait aboli les sacrifices sanglants et le culte des humains défunts. Malgré la diffusion de cette

Église, cependant, les cultes aux morts, avec leurs médiums et les sacrifices, restent extrêmement présents dans l'ensemble de la société chinoise. Aussi, le clergé taoïste change-t-il d'attitude pour se mettre à collaborer davantage avec ces cultes, tout en les plaçant sous son autorité.

Ce mouvement s'accélère sous la dynastie des Song (960-1279), où l'on voit s'épanouir un modèle théologique et liturgique où tous les cultes aux saints locaux sont intégrés dans le panthéon taoïste, désormais divisé en deux niveaux : le niveau supérieur (*xiantian*, « avant la création ») qui rassemble les divinités pures (on ne leur offre pas de sacrifice sanglant) auxquelles s'adressent les prêtres taoïstes, et le niveau inférieur (*houtian*, « après la création ») rassemblant les défunts, devenus des dieux dans l'au-delà, et auxquels les prêtres taoïstes donnent des titres.

Les taoïstes se mettent à cette époque à construire et gérer des temples pour les saints locaux, mais lors des grands rituels communautaires qui leur sont dédiés, ils mettent ces saints en position inférieure vis-à-vis des divinités pures auprès desquelles le saint, guidé par les taoïstes, va en audience. Les prêtres taoïstes en viennent aussi plus volontiers à travailler avec les médiums voire à prendre eux-mêmes ce rôle pour certains rituels exorcistes. C'est ainsi que le taoïsme devient ce qu'il est encore

Xu Xun est comme beaucoup de divinités taoïstes une personnalité aux multiples aspects. Si de splendides statues lui sont consacrées dans les grands temples officiels financés par les fonctionnaires et les riches guildes, on le retrouve aussi sur les autels domestiques au cœur des maisons, ou chez les médiums qui l'invitent à les posséder. Ci-contre, une statuette en bois provenant de la province du Hunan.

aujourd'hui : le cadre lettré de la religion populaire, à laquelle il apporte sa théologie, sa liturgie, sa vaste et prestigieuse culture issue de l'Antiquité.

Les manifestations de ce processus par lequel le taoïsme finit par encadrer tous les cultes locaux chinois sont innombrables. Ainsi, dans le nord de l'actuelle province du Jiangxi, on rend dans chaque village et quartier un culte à un héros, nommé Xu Xun, dont on raconte qu'il fut un sage fonctionnaire (confucianiste) et un preux qui débarrassa la région des dragons nocifs et autres monstres, pour permettre aux humains d'y habiter et d'y prospérer. Au cours des siècles, les taoïstes « apprivoisèrent » ce culte, s'installant dans ses temples, donnant une hagiographie taoïste au saint, organisant ses fêtes, puis créant même autour de lui une tradition taoïste locale, avec des textes et une liturgie spécifiques.

Les trois seigneurs Mao, trois frères ayant vécu sur une montagne sainte, le Maoshan (près de Nankin), sont célèbres pour être associés à la révélation du *Shangqing* au IVe siècle de notre ère. Mais ce sont aussi des dieux locaux de cette région – on leur rend toujours un culte dans les villages, et on les visite lors de pèlerinages annuels. Cette peinture qui les montre sur leur montagne sainte rappelle à quel point la tradition mystique taoïste s'enracine dans la dévotion locale.

十一大曜星君衆

C'est dans les séries de rouleaux liturgiques qu'apparaît le plus clairement la structure hiérarchisée du panthéon taoïste (ci-contre, et page suivante, une série de rouleaux peints en 1454 et destinée à la dévotion personnelle d'un empereur Ming). De tels ensembles pouvaient compter jusqu'à plus de cent cinquante rouleaux décrivant le vaste panthéon de la religion chinoise élaboré et complété à partir de l'époque des Song. Ces peintures étaient suspendues autour de l'aire sacrée lors des grands offices pour le Salut universel pratiqués également par les taoïstes et les bouddhistes. Toutes les divinités chinoises ou sinisées de ce panthéon sont groupées par catégories. Debout sur des nuées, tournées vers le nord, elles se rendent en audience à la Cour céleste. Pendant l'un de l'autre, les deux rouleaux ci-contre constituent le groupe stellaire des « Onze Luminaires ». À gauche, la Lune est figurée en reine ; sa suivante porte sur un plateau le globe blanc lunaire. En face, le souverain Soleil avec son globe rouge. Chacun mène une troupe de planètes et d'étoiles identifiables grâce à leurs attributs.

Toutes les catégories de divinités doivent être représentées dans le panthéon chinois. Depuis les dieux purs jusqu'aux petits génies, sans oublier, en bas de la hiérarchie, les ancêtres humains. Mais ces séries peuvent être plus ou moins condensées selon les vœux du commanditaire. Le rouleau de gauche illustre cette caractéristique en rassemblant et unifiant des divinités de la Nature, d'origines très diverses sur le plan géographique, chronologique et même théologique. Le groupe dragon-tortue (en bas, à gauche) relève des croyances mythiques de la Chine antique. La principale divinité, debout, les mains jointes, représentée dans l'équipage d'un général chinois, est en fait une divinité démoniaque d'origine indienne. D'autres protagonistes : homme-arbre, être minéral, femme-fleur, se rattachent aux conceptions taoïstes de la nature et de l'immortalité. Le rouleau de droite, d'une composition en deux registres superposés (la plus courante dans ces séries), est dédié aux Empereurs des Cinq Directions, divinités liées à la cosmologie chinoise des Cinq Phases. Au registre supérieur figurent le Seigneur du Mont Changbo et ses assistants.

Certains regalia conservés et transmis dans les familles de maîtres taoïstes sont absolument nécessaires à la conduite des rituels ; il s'agit de l'épée d'exorciste, des tablettes de cour et des insignes de commandement utilisés par le maître dans ses voyages intérieurs vers les différents départements divins. Mais le plus impressionnant est le manteau brodé revêtu par le principal officiant. Tous ces manteaux constituent une image de l'univers à l'intérieur duquel le maître tantôt agit (danses, exorcismes), tantôt se recroqueville pour méditer. Leurs somptueux décors appliqués et brodés figurent donc des constellations, des palais célestes, des paradis d'immortels et de nombreux symboles cosmiques. La pièce reproduite ici date du XVIIe siècle. Sur la large bande extérieure figurent quatre trigrammes, entre lesquels, marchant sur les vagues d'un océan agité, progressent des divinités. Sur les bords latéraux (non reproduits), d'autres personnages auréolés accourent. Au centre, figure le panthéon taoïste avec, au sommet, les Trois Purs et, juste en dessous, l'Empereur de Jade qui dirige l'administration céleste. De part et d'autre, des rangées de divinités rendent hommage aux figures centrales.

Le taoïsme dans la tourmente révolutionnaire

Le 62e Maître céleste Zhang Yuanxu (1862-1924, nommé pour succéder à son père en 1904) fut photographié dans sa résidence officielle de la montagne Longhushan par un missionnaire allemand vers 1905. Il pose ici non en costume taoïste mais en tenue de haut fonctionnaire. Cette image du plus haut dignitaire de l'administration taoïste intégré à la bureaucratie impériale est sans doute la dernière du genre : le lien entre l'État et le taoïsme fut rompu par la révolution de 1911.

Si au cours des deux dernières dynasties impériales, les Ming (1368-1644) et les Qing (1644-1912), les rapports entre les élites politiques et le monde taoïste deviennent de plus en plus distants et tendus, c'est vraiment avec l'avènement de la République que le taoïsme entre dans une période de violente confrontation avec l'État. En effet, les révolutionnaires qui déclarent la République en 1912, puis mettent en place le régime nationaliste en 1927, et enfin instaurent le régime communiste en 1949, sont acquis à l'idée que la Chine, affaiblie économiquement et culturellement, est en grand danger d'être anéantie par les puissances impérialistes occidentales, et que, pour survivre, elle doit supprimer son organisation sociale traditionnelle pour construire à la place un État-nation fort et unifié. Les convertis au christianisme ne représentent qu'une minorité (influente) des nouvelles élites politiques jusqu'en 1949, mais celles-ci sont entièrement convaincues de la validité du modèle occidental visant à séparer la religion de l'État, et à différencier les vraies religions (christianisme, islam, bouddhisme), qui ont une contribution positive à la société, des « superstitions ». Les missionnaires et autres observateurs occidentaux, plus ouverts au confucianisme et au bouddhisme, ignorent totalement le taoïsme, ce qui contribue au mépris des élites chinoises modernes envers cette tradition.

C'est ainsi que tout en reconnaissant, à titre individuel, la liberté de religion aux croyants des grandes religions mondiales, les nouvelles élites politiques se lancent dans une vaste entreprise de lutte contre les « superstitions », interdisant les fêtes, détruisant les temples, emprisonnant les prêtres, etc. Toutefois, le taoïsme réussit à être accepté comme l'une des cinq religions officiellement reconnues par ces régimes révolutionnaires successifs, mais sous une forme très élitiste et épurée. On maintient ainsi les quelques grands monastères taoïstes (des lieux de formation pour l'élite du clergé, qui jouit d'un grand prestige, mais ne représente qu'une petite part du clergé taoïste, dont la vaste majorité a toujours été mariée et vit hors des temples) consacrés à l'étude des textes, tandis que, dans le même temps, on détruit les temples populaires avec lesquels le taoïsme a depuis des siècles partie indissolublement liée. Ce n'est que dans les années 1980 qu'une nouvelle configuration du taoïsme et des temples commence à émerger.

L'histoire des destructions envers l'ensemble des institutions et du patrimoine religieux chinois couvre tout le XXe siècle. Elle commence avec la campagne « détruire les temples pour construire les écoles » déclenchée dès 1898. Cependant, la Révolution culturelle (1966-1976) constitua un paroxysme ; non seulement on réaffecta des temples à d'autres usages, en détruisant des statues qui s'y trouvaient, mais on brûla alors systématiquement les archives, livres, et œuvres d'art contenus dans les temples. On voit ici des gardes rouges ayant fait tomber le grand panneau marquant la porte principale d'un temple de Confucius, et se préparant à le détruire. Cet iconoclasme visait à faire disparaître immédiatement la totalité de la société « traditionnelle » ; seuls quelques sites à très grande valeur historique furent protégés par l'armée et plus ou moins préservés. Les temples de Taiwan, Hong Kong, d'Asie du Sud-Est, qui n'ont pas connu ces campagnes successives, présentent aujourd'hui un aspect et un lien avec l'histoire différents de ceux reconstruits en République populaire après 1976.

Le rituel taoïste, dans sa foisonnante diversité, met en scène une vision spécifique du monde. Aussi est-il indissociable de la cosmologie, qui décrit les structures du monde, ainsi que des arts, la peinture et la musique notamment, qui le représentent. Dans le rituel, la sensibilité esthétique et la philosophie s'unissent et s'éclairent l'une l'autre.

CHAPITRE 2

LE RITUEL

La structure du rituel taoïste est d'une remarquable pérennité : à gauche, vers 1730, à la cour des Qing, l'autel se dresse au sommet de trois étages de tables empilées. Sur cette montagne métaphorique, le maître conduit un rituel *zhai* pour la guérison de l'empereur. Même disposition à Tainan (Taiwan), en 1976 (ci-contre), avec Maître Chen, hissé sur un empilement plus modeste, lors d'un rituel funéraire.

La cosmologie taoïste n'est pas un pur exercice théorique. Elle sert aussi des buts pratiques, notamment la médecine et la divination. Si nombre de devins ne sont pas taoïstes, ces derniers ont toujours été particulièrement recherchés pour leur maîtrise des connaissances techniques liées à la cosmologie. Dans les temples, les prêtres taoïstes (ci-dessus, au Wudangshan) peuvent être consultés pour interpréter une divination faite à l'aide des oracles (*lingqian*) ou donner un conseil pour le placement géomantique des maisons ou des tombes.

La vision du monde

Quelques notions communes à l'ensemble des écoles de pensée structurent la vision du monde partagée par les Chinois. Ce qui varie d'un enseignement à l'autre, c'est l'importance ou l'antériorité conférées à telle ou telle de ces notions : le Dao ; le souffle vital, *qi* ; le *yin-yang*, double modalité complémentaire et opposée dont l'essor et le déclin inexorables et spontanés informent toute vie ; les Cinq Phases (ou éléments), *wuxing* ; et les huit trigrammes, *bagua* (formés par des signes *yin* et *yang*), dont les combinaisons en soixante-quatre hexagrammes produisent et représentent à la fois la totalité des phénomènes de l'univers et leur évolution. Ces quelques concepts à l'œuvre dès la fin de l'Antiquité ont été glosés et travaillés par toutes les écoles de pensée jusqu'à la période moderne. Ils permettent de saisir l'altérité de la vision chinoise de l'univers et de l'homme qui, à l'abstraction, préfère les catégories efficientes.

Ce qui caractérise le taoïsme, dans sa recherche du principe absolu, Dao, c'est l'antériorité donnée au souffle primordial (*yuanqi*) venu organiser le chaos originel en faisant advenir l'univers – par ses incessantes et multiples combinaisons – et animant les « Dix Mille Êtres ». Cultiver le souffle (*qi*) pour nourrir en soi la vie devient ainsi la constante démarche de l'adepte. L'immortalité est conçue comme l'affinement ultime des souffles réalisé au sein du corps-microcosme. Dans un univers en perpétuelle transformation dont la (re)création spontanée est garantie par le mouvement perpétuel du *yin* et du *yang* et la fluidité des souffles, la seule action congrue est la « non-action », *wuwei*.

Ce concept, si étranger à la pensée occidentale, constitue un autre fondement du taoïsme. Toute intervention contrevenant à la marche spontanée de l'univers est mortifère et inefficace, il importe seulement à l'individu de tenir sa place dans le concert des Dix Mille Êtres. Ces idées s'appliquent autant au microcosme constitué par le corps humain (théorie des souffles, circulation de l'énergie dans les méridiens qui parcourent le corps) que dans la théorie politique : pour Laozi, le bon gouvernement qui assure aux sujets liberté et prospérité est celui qui se garde d'intervenir sur le cours des choses.

Un talisman (*fu*) est un signe efficace, qui commande à des divinités spécifiques de se présenter aux ordres du taoïste qui le trace. Certains sont très imagés, et on peut y reconnaître des divinités ; d'autres sont des compositions combinant des caractères relevant de divers styles calligraphiques et incluant parfois des écritures nébuleuses considérées comme originelles et divines. Ce talisman (ci-contre) combine le caractère qui signifie « souffle », « énergie » (*qi*), avec une représentation visuelle de cette énergie. Le prêtre insuffle son énergie dans le talisman en le traçant pour le rendre efficace.

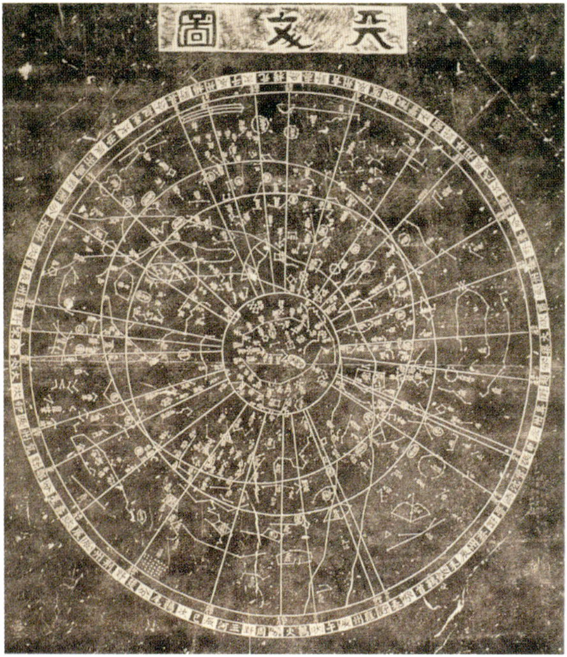

Les sciences et techniques et le taoïsme sont étroitement liés. L'importance de la cosmologie dans l'ensemble du taoïsme a suscité des talents d'astronomes, comme en témoigne cette carte du ciel datée du XIIIe siècle (ci-contre). L'observation et la connaissance du ciel permettaient aux taoïstes d'exercer des fonctions d'astrologue, mais servaient aussi à leur développement personnel. L'un des éléments clés du rituel taoïste est en effet la projection du prêtre dans une dimension cosmique, où il « marche sur les constellations » (*bugang*) en respectant leurs formes propres. Ce schéma (en haut, à droite) extrait d'un manuel liturgique montre comment mener ce pas de danse cosmique. La partie inférieure représente les sept étoiles de la Grande Ourse, la constellation la plus importante de la cosmologie taoïste puisqu'elle régit le destin de chaque individu. On trouve des représentations de la Grande Ourse sur d'innombrables supports, tel ce miroir de bronze (en bas, à droite) où la constellation figure au centre, entourée des huit trigrammes.

La cosmologie

Ces conceptions de l'homme et de l'univers, développées dans les textes mystiques et spéculatifs, se donnent concrètement à voir dans le rituel. Ce dernier consiste en effet en un retour à l'ordre naturel des choses, en expulsant les souffles impurs (des âmes souffrantes des mauvais morts, notamment) et en remettant vivants et dieux chacun à leur place. Le terme fondamental pour désigner la liturgie taoïste est d'ailleurs *ke*, qui signifie « ordre », « catégorie » (et qui a servi à construire le mot moderne signifiant « science »).

Le rituel taoïste exprime de plus une vision du monde où la cosmologie occupe un rôle central, équivalent de celui que joue la théologie dans les religions monothéistes. Cette vision ne sépare pas un ici-bas et un Ciel, qui seraient de nature différente; les astres et les êtres vivants partagent les mêmes énergies et sont régis par les mêmes lois naturelles, qui sont aussi des lois morales. L'observation du ciel permet de comprendre le fonctionnement de l'univers, et donc de maîtriser son propre corps et de mettre en ordre la société; le rituel exprime tout cela de façon visible et concrète. Son organisation physique suit des plans cosmologiques; on y dispose des représentations des astres; on circule dans l'aire sacrée comme on fait un voyage dans la voûte céleste. Le prêtre « marche sur les étoiles » en traçant, par ses pas, la forme des constellations. Ces dernières, et les divinités pures qui les habitent, sont invitées à tout rituel. La plus sacrée, en permanence invoquée par les prêtres comme par tous les Chinois, est la Grande Ourse ou « Boisseau du Nord » (*Beidou*), dont les étoiles régissent le destin humain.

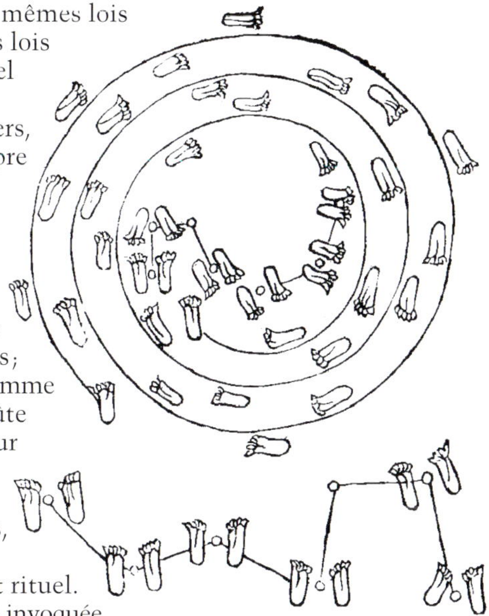

L'art taoïste

La vision du monde taoïste inspire à la fois, et de façon indissociable, son art et ses rituels. Les premières manifestations de l'art chinois nous sont connues au travers des découvertes archéologiques. Les conceptions religieuses et esthétiques s'y illustrent dans le décor des tombes et du mobilier funéraire. Outre les pièces d'usage ou d'apparat enterrées auprès du défunt, ainsi que les *mingqi*, figurines de céramique ou de bois, représentant l'environnement (maisons, objets) et les

Cette représentation du « Voyage de l'âme » (IIIe siècle avant notre ère), peinte à l'encre sur une pièce de soie nue, figure un homme debout, portant habit et coiffe de gentilhomme, pilotant un vaisseau en forme de dragon. Une grue l'accompagne, posée sur la queue du dragon. Un poisson, figuré en bas, indique que ce dernier périple s'accomplit sur les eaux. Avec des moyens d'une économie étonnante qui resteront ceux de la peinture chinoise, les principales conceptions religieuses du temps sont exprimées. Les motifs de la grue d'immortalité et du dragon psychopompe demeureront, dans l'imaginaire chinois, des emblèmes des relations entre le monde des immortels, des divinités et celui des hommes.

activités humaines, nécessaires à son bien-être *post mortem*, certaines riches sépultures contiennent des décors peints ou gravés illustrant les conceptions de l'au-delà et le voyage y conduisant. Le voyage spirituel est également celui que réalise l'adepte taoïste méditant dans son oratoire, où un brûle-encens (*boshanlu*) laisse passer entre les fentes de son couvercle en forme de montagne les volutes de fumées d'encens et de plantes aromatiques. Le grand liturgiste du Ve siècle Lu Xiujing a laissé un texte de prescriptions concernant l'aménagement de la chambre de méditation, qui proscrit tout décor mural hormis la calligraphie de textes sacrés. Cette interdiction prouve la primauté du signe écrit

À droite, deux représentations des îles des immortels : le *boshanlu* en forme de montagne est un « monde en petit » : sa coupe symbolise l'océan sur lequel se dresse l'île paradisiaque hérissée de sommets. Wen Boren, peintre de l'époque Ming, reprend ce même thème en représentant Fanghu, l'une des trois îles mythiques des immortels, dans la mer de l'Est.

sur la représentation figurée dans le taoïsme, mais en même temps, elle signale l'existence courante de tels décors, peints d'éléments figurés, sans doute des illustrations de thèmes mythologiques dans un environnement naturel et des représentations stellaires comme on en trouve déjà dans les tombes Han.

But ultime de ces voyages, les paradis taoïstes sont des montagnes situées à l'ouest ou des îles escarpées dans la mer de l'Est. La nature y est sauvage et la surpuissance des divinités y est soulignée par la représentation d'êtres hybrides. Des immortels à corps humain et tête caprine gambadent et chassent à l'arc dans les volutes de nuées figurées sur la laque des cercueils de Mawangdui (168 avant notre ère), tandis que la Reine-Mère de l'Ouest, Xiwangmu, qui règne sur la contrée des morts, arbore des crocs félins et un vêtement de léopard dans ses représentations les plus anciennes. Elle perdra ces attributs pour devenir une belle jeune femme entourée d'une cour de suivantes, les « Filles de Jade ».

Le paysage

Fluidité, spontanéité, mais également simplicité, qui sont des traits de la mystique taoïste, ont été adoptées comme critères de valeur dans l'art chinois, attestés dans des recueils d'esthétique et des catalogues d'artistes dont les plus anciens remontent aux IVe et Ve siècles de notre ère. Le genre du paysage y est pour la première fois mentionné sous l'intitulé de *shanshui*, « monts et rivières », réduisant symboliquement la grande nature à ses composants primordiaux *yang* et *yin*. On trouve là une vision dynamique où l'artiste se considère comme un truchement, sa main et son pinceau comme un canal par lequel s'écoule le souffle *qi* pour animer sur la soie ou le papier un « monde en petit » aussi vivant que le macrocosme.

La nature, qui n'était dans les images des premiers siècles de notre ère qu'un simple décor aux évolutions des personnages, planté d'un ou deux arbres et d'un simulacre de colline en arrière-plan, envahit progressivement les compositions. Elle devient le sujet d'un art monumental dont les plus saisissants exemples conservés datent du début des Song (Xe siècle) : montagnes massives, où la présence humaine se détecte, minuscule, au détour d'un sentier. Peintes à l'encre monochrome sur de vastes lés de soie verticaux qui pouvaient être suspendus ou montés en paravents destinés à structurer l'espace intérieur des résidences, ces compositions ont été considérées par l'historiographie chinoise tardive comme le domaine réservé d'une élite de lettrés fonctionnaires liés par leur éducation et leur fonction

Ce *Vol de grues auspicieuses* (ci-dessous), attribué au pinceau du célèbre empereur taoïste Song, Huizong (1082-1135), commémore un épisode survenu en 1112 et rapporté par l'inscription. Des nuées de bon augure envahirent le ciel devant l'entrée principale du palais, d'où surgit un groupe de grues. Deux se posèrent sur les tuiles faîtières et dix-huit volèrent en formation un long moment au-dessus du toit. Ce rassemblement des oiseaux emblématiques du taoïsme fut considéré d'un augure hautement favorable à la dynastie régnante.

au confucianisme. De fait, la peinture de paysage s'est développée comme un genre pratiqué autant par des artisans décorant les murs des temples, des peintres de cour que des lettrés, mais son intimité originelle avec le taoïsme ne fait pas question. Zong Bing (375-443), rédacteur du premier traité consacré à la peinture de paysage, insiste sur le « Voyage allongé [sans quitter sa chambre] » que permet la contemplation d'une peinture « de monts et rivières », une randonnée par l'esprit qui « rapproche de la sainteté » et « conduit au Dao ». Le paysage peint, en Chine, possède une valeur religieuse et spirituelle, inconnue partout ailleurs dans le monde et incontestablement d'origine taoïste.

Le récit (préservé dans le canon taoïste) du rituel d'ordination taoïste de deux princesses Tang qui eut lieu dans la capitale, Chang'an, en 711 offre un exemple de la mise en œuvre liturgique du paysage. L'auteur décrit l'autel construit pour ce rituel comme une colline érigée pour l'occasion et parsemée de pièces de joaillerie en forme d'animaux et d'oiseaux, l'ensemble délimité par des bannières dressées peintes de montagnes entourées de nuées.

Shitao (1642-1707) livre dans cette peinture un paysage sans doute réel, car les « grottes-matrices » (selon le terme de Rolf Stein) sont nombreuses en Chine où elles ont donné lieu à des cultes fervents, comme dans toute l'Asie orientale. Le petit homme, l'artiste sans doute, est saisi en contemplation à l'orée de cette cavité utérine. L'entrée est claire, rassurante. Les stalactites, considérées traditionnellement comme les mamelles de la déesse-Terre, sont d'une clarté laiteuse. Tout est courbe et douceur dans cette composition. Les cultes aux déesses-mères sont préhistoriques et universels, mais le taoïsme a su conserver à la féminité une place éminente.

金昆恭畫

Ces deux rouleaux verticaux illustrent dans des styles et sur des supports différents l'inspiration taoïste dans la peinture de paysage. À gauche, dans le style décoratif de la peinture de cour Qing, une petite scène se joue dans un écrin de montagnes aux versants doux et peu élevés. Un taoïste en manteau rouge, assis sur une natte, pratique la méditation, son chaudron alchimique devant lui. Des grues l'entourent, posées sur les grands pins qui encadrent la scène. Ci-contre, cette peinture, réalisée à l'encre monochrome sur papier, s'attache à rendre l'isolement et l'atmosphère de haute spiritualité qui règne dans les temples et ermitages taoïstes construits dans les anfractuosités de ces monts escarpés. L'étagement des sommets, qui tire le regard vers le haut de la composition, renforce le sentiment d'ascension et de quête spirituelle. À droite, dans la partie supérieure, une inscription de l'artiste invite à une double lecture de ce paysage : une randonnée dans un site taoïste et la poursuite de l'élixir d'immortalité par l'exercice de l'alchimie intérieure.

Ci-dessus, lors d'un rituel taoïste, quatre prêtres agenouillés à l'extérieur de l'aire sacrée procèdent à la lecture des quatre mémoires et quatre requêtes, calligraphiés sur papier jaune, qui seront envoyés dans les différents départements de l'administration céleste. Ces manuscrits identifient le principal officiant par ses noms et grades taoïstes et expliquent l'intention du rituel et les demandes formulées à cette occasion. À la fin de la cérémonie, les textes sont brûlés afin d'assurer leur passage dans l'au-delà.

L'Audience devant les dieux

Si les métaphores de la montagne et du paysage sont bien vivantes dans l'art et la liturgie taoïstes aujourd'hui encore, c'est un autre modèle qui structure et délimite l'aire sacrée. Parallèlement à une vision cosmologique de l'homme inclus dans l'ordre naturel des choses, se déploie une vision bureaucratique d'individus pris dans des structures hiérarchiques – ces deux conceptions ont d'ailleurs en commun l'idée d'un ordre de l'univers à la fois naturel et moral.

Le taoïsme a joué un rôle majeur dans la formation de l'empire et de sa bureaucratie; il partage avec l'institution impériale de nombreux rites et conceptions. L'un des plus importants est la présentation du mémoire écrit aux supérieurs (aux dieux), rite crucial de l'empire et que le taoïsme a gardé vivant jusqu'aujourd'hui. Tandis qu'il tentait d'abolir l'offrande de victimes sacrificielles, le taoïsme la remplaçait par l'offrande de textes, présentés puis brûlés, c'est-à-dire « transformés » pour accéder au monde des dieux. Le taoïsme est fondamentalement une religion de l'écrit, et plus précisément encore, de l'écriture manuelle. Son lien étroit avec l'histoire de la

calligraphie comme art majeur de la Chine en témoigne. À cette dimension esthétique s'ajoutent des règles strictes contre les fautes de copie et pour le respect des caractères écrits (il était interdit de jeter ou de souiller tout papier couvert d'écriture; il était seulement permis de brûler les papiers devenus inutiles).

Les premiers textes de l'Église des Maîtres célestes décrivent des rituels simples, entièrement fondés sur la présentation du mémoire écrit devant les divinités pures du Dao. Par la suite, les rituels ont gagné en ampleur et en complexité, mais l'offrande des textes est restée au cœur de la liturgie. La mise en scène de la présentation du mémoire sous la forme d'une audience impériale a constitué l'élément structurant à la fois le panthéon lui-même et l'aménagement de l'aire sacrée. Cette assemblée dénomme dès le XIe siècle plus de trois cents divinités accompagnées de leurs servantes, scribes, gardes et soldats. S'y retrouvent des dieux de toutes origines, chinois ou étrangers, bouddhiques ou taoïstes, pour constituer le panthéon englobant de la religion chinoise. Tous les esprits, du plus élevé et éthéré au plus petit génie local, prennent place respectueusement au sein de catégories et de groupes disposés en ordre hiérarchique autour de l'aire du rituel.

Les « messagers aux Trois Mondes » (Ciel, Terre, Eau) sont chargés d'apporter dans les administrations divines concernées les documents rédigés lors de chaque rituel. Sur ce rouleau liturgique (détail ci-dessus), le messager au Monde supérieur, chevauchant un phénix, se présente devant les gardes à l'extérieur du Palais céleste. Vêtu à la manière des estafettes de l'empire, il brandit la boîte jaune caractéristique, dans laquelle sont rangés les mémoires et requêtes du rituel taoïste.

Les peintures liturgiques constituent un moyen privilégié d'expression figurée de la vision taoïste du monde. Cette longue bannière verticale (ci-contre et double page suivante) décrit en cinq registres superposés l'ascension de la requête que le prêtre accompagne par l'esprit jusqu'aux Trois Purs. Au premier registre (à gauche), le maître taoïste est agenouillé devant l'autel tandis que du brûle-encens s'élève une grue. Après être passée devant les divinités intermédiaires, émissaires et greffiers, au second registre (ci-contre), la requête, portée par l'émissaire céleste (page suivante), parvient devant les Trois Agents (Sanguan) ou Seigneurs des Trois Mondes (Ciel, Terre et Eau), puis devant l'Empereur du Ciel et l'Empereur de Jade (page 51, à gauche). Ce dernier préside à la partie « postérieure » du panthéon (*houtian*), composée des humains défunts ayant été nommés à un poste dans l'administration céleste. Finalement, la requête monte dans la partie « antérieure » (*xiantian*) jusqu'aux Trois Purs (page 51, à droite). Au-delà des très nombreuses différences locales et régionales dans l'organisation des panthéons, cette structure verticale constitue l'unité du taoïsme.

Le rituel comme spectacle

L'ensemble de la liturgie taoïste découle d'une conception homogène de l'univers et de l'homme. Elle se décline cependant en une variété de traditions liturgiques distinctes d'une extrême richesse. Tout d'abord, les traditions locales sont nombreuses; en l'absence, depuis bientôt deux mille ans, d'une organisation centralisée qui pourrait unifier la pratique, la liturgie s'est développée en chaque lieu en fonction de la musique et des panthéons locaux, des révélations reçues, etc. On distingue de plus les « maîtres taoïstes », pratiquant la grande liturgie communautaire classique, des « maîtres de magie », qui pratiquent les exorcismes et travaillent étroitement avec les médiums et les dieux locaux qui réclament des sacrifices d'animaux – même si, parfois, ce sont les mêmes personnes qui remplissent, selon les circonstances, l'un et l'autre rôles.

Si les prêtres taoïstes occupent un rôle central dans les célébrations, officiant pour le rituel et jouant aussi du théâtre, les troupes de dévots laïcs y participent également de manière importante. De nombreuses troupes d'amateurs viennent en effet jouer une scène, comique ou martiale, comme ici près de Pékin, lors du grand pèlerinage au Miaofengshan, petite montagne dédiée à la Princesse des Nuages de l'Aurore, à laquelle ils rendent hommage.

Enfin, au sein de chaque troupe, on observe trois ensembles de textes, mais aussi de peintures, gardés séparément : destinés aux rituels pour les vivants, pour les morts et pour les ordinations.

Les taoïstes sont en effet organisés en troupes dirigées par un maître confirmé, travaillant avec ses disciples et apprentis (dont, souvent, ses enfants et autres membres de sa famille), et d'autres taoïstes recrutés pour l'occasion. Parfois, ces troupes ont des droits héréditaires de faire tous les rituels sur un territoire donné ; il existe cependant une forme de concurrence, du moins pour le prestige. Dans les grandes occasions communautaires, ou lorsqu'une famille très riche organise un rituel, on peut inviter plusieurs troupes de taoïstes qui officient parallèlement et l'assistance juge laquelle produit le plus beau rituel. Une partie très importante des rituels échappe totalement aux spectateurs (les rites de visualisation et de transformation intérieure que l'officiant principal effectue seul), auxquels les taoïstes n'expliquent pas le sens des rituels et ne demandent pas de participer (sauf les chefs de la communauté locale qui restent avec eux). Cependant, une autre partie est spectaculaire : les longs intermèdes musicaux instrumentaux, qui laissent une large place à la virtuosité, les saynètes éducatives (les taoïstes mettant en scène des jugements aux enfers, par exemple) ou des scènes de farce pour détendre tout le monde au milieu de longs rituels qui durent des jours entiers, tout cela fait du rituel taoïste un spectacle couru et apprécié.

Ci-dessous, dans la province du Hunan, Chen Demei lors d'un rituel d'offrande (*jiao*) de trois jours destiné à remercier les divinités des bienfaits reçus. Vêtu d'une robe de brocart rouge, le maître taoïste, tenant un brûle-encens à manche en forme de dragon, procède à l'invitation des divinités. Sur la table devant lui sont posés des fruits, offrandes pures destinées aux divinités supérieures.

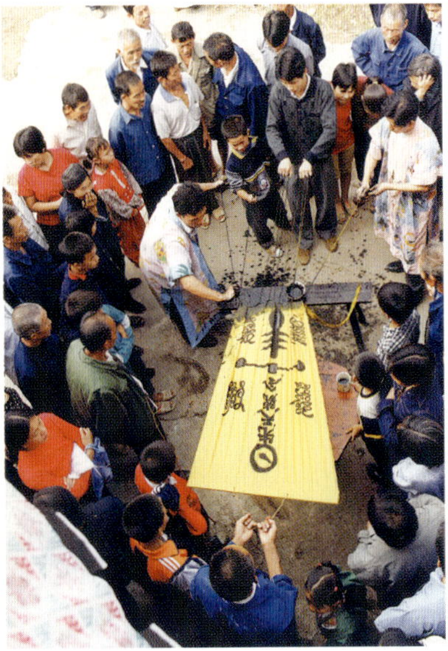

Les rituels d'ordination figurent parmi les plus impressionnants de la liturgie taoïste. Il s'agit en effet d'introniser un nouveau prêtre qui sera, pour une génération, le garant de l'ordre et de la santé de sa communauté locale. Les prêtres taoïstes pleinement ordonnés sont relativement peu nombreux (moins que les bouddhistes). Dans diverses traditions locales des centre et sud de la Chine (ci-dessus, au Hunan), l'ordination comporte un rite de nouage du drapeau. Consacrée avec des talismans recueillant les souffles du maître et du disciple, l'étoffe de tissu jaune est dressée sur un mât pour être nouée par le vent.

Le caractère éminemment théâtral du rituel est pris en compte dans la formation des taoïstes, qui dure plus de dix ans et ménage une part importante à l'apprentissage du chant et de la musique instrumentale. Ainsi, quand les politiques antireligieuses ont forcé un grand nombre de taoïstes à changer de métier dans les années 1940 et 1950, certains sont devenus musiciens ou acteurs dans les troupes officielles.

Vivants et morts

Outre les rituels d'ordination pour les jeunes taoïstes ayant fini leur apprentissage, spectaculaires mais assez rares, les taoïstes observent donc une distinction fondamentale entre les rituels pour les vivants et ceux pour les morts. Pour les vivants, le type le plus développé est le « banquet » (*jiao*) où l'on invite tous les dieux du panthéon, pour les fêter puis les renvoyer respectueusement. Au cours du rituel, l'officiant principal va en audience devant les Trois Purs pour présenter un mémoire qui annonce la raison de ce rituel (remercier les dieux des grâces obtenues, ou

demander leur aide en temps de besoin : inondations, épidémies, guerres...). En même temps, la communauté locale organise une procession, des représentations d'opéra et autres célébrations.

Pour les défunts, les taoïstes disposent d'un autre ensemble de textes (livres révélés à réciter, hymnes à chanter, mémoires à envoyer aux divinités...). Le type le plus développé est le « jeûne » (*zhai*) où les taoïstes au nom de la communauté expriment leur regret des péchés commis (il ne s'agit pas d'une confession individuelle de péchés spécifiques). Puis, ainsi purifiés, ils vont chercher les âmes souffrantes aux enfers, les ramènent dans l'aire rituelle pour les y nourrir, laver et ordonner afin qu'elles puissent finalement monter au Ciel. Même si le rituel est fait pour un défunt particulier, à la demande de la famille, les officiants procèdent rituellement au salut de l'ensemble des âmes souffrantes dans l'au-delà ; de même au milieu du septième mois lunaire, lors du Pudu (« Salut universel »), chaque communauté s'occupe collectivement de ses mauvais morts, en invitant les taoïstes ainsi que les bouddhistes à venir officier.

Les rituels funéraires ont subi une profonde transformation dans les villes de Chine, où la crémation est désormais obligatoire (elle est de même très majoritaire à Taiwan et Hong Kong) et où il est difficile d'organiser les rites traditionnels au domicile, comme jadis. À la campagne, en revanche, il est plus aisé de respecter l'ensemble des rites funéraires. Ci-dessus, la famille en tenue de deuil (habits de chanvre) est menée en procession de la maison à la tombe par un prêtre taoïste. La nuit venue, il assurera les rituels de salut de l'âme du défunt.

绿色食品
APPLES
保鲜冷藏
水晶梨
90 型

Les dimensions communautaires du taoïsme, incarnées dans le rituel et les cultes, sont étroitement liées à la dimension individuelle, tout entière ancrée dans le corps. Le taoïsme a toujours en effet travaillé à l'intériorisation, afin que ses pratiques et son enseignement puissent être réalisés par tous.

CHAPITRE 3

LE CORPS

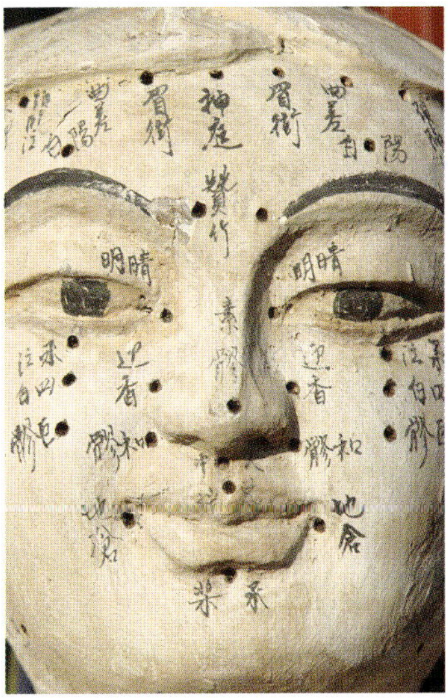

Les taoïstes travaillent par la méditation sur leur propre corps (à gauche, un moine de l'ordre Quanzhen méditant dans sa cellule), mais peuvent aussi intervenir, comme médecins, sur le corps des autres, par des techniques rituelles d'acupuncture (ci-contre, le plan des acupoints du visage) ou par des remèdes.

Corps humain, corps cosmique

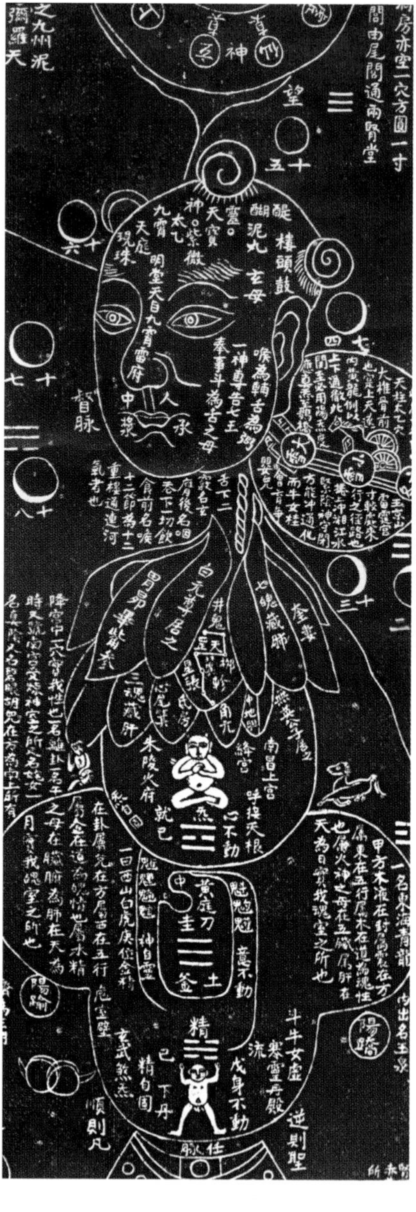

La vision taoïste du corps humain est indissociable de sa vision du monde et de sa cosmologie. Elles se fondent en effet sur le même ensemble de symboles efficaces (le *yin* et le *yang*, les trigrammes, etc.) qui en expliquent le fonctionnement. Cette vision est dynamique : le corps est un lieu d'échange entre l'intérieur et l'extérieur, et de circulation interne des fluides et des énergies. La circulation est naturelle ; les maladies sont souvent interprétées comme l'effet de blocages, et la santé comme l'état d'un corps où le souffle circule aisément partout. « Le saint, dit Zhuangzi, respire avec ses talons. »

Contrairement aux monothéismes et au bouddhisme, le taoïsme ne conçoit pas le corps comme impur ou comme marqué par le péché ; au contraire, le corps du nouveau-né est représenté comme doté d'une part du souffle originel, puissance créatrice à l'origine de toute chose. C'est le cycle naturel des échanges avec le monde extérieur (l'entropie, dirions-nous en termes de physique moderne) qui mélange ce souffle originel avec les matières de ce monde et le fait dégénérer en un souffle ordinaire, qui s'affaiblit et mène vers la mort, mais ce cycle peut être contrôlé voire renversé. L'image du nourrisson qui crie des jours entiers sans jamais s'enrouer est une métaphore de la puissance inaltérable du souffle originel. Retrouver l'enfançon qui est en soi est donc un idéal taoïste de plénitude dans et avec son corps.

Le paysage intérieur

De même que le paysage (« montagnes et eaux ») a été un mode privilégié de représentation taoïste du monde, le corps humain a aussi été pensé et peint comme un paysage, un monde intérieur avec ses cours d'eau, ses montagnes, ses pistes et ses déserts. Ainsi, diverses cartes du corps ont été gravées, parfois sur de grandes stèles de pierre. Ces mondes intérieurs ont servi de support à la méditation, où l'adepte est guidé dans un voyage à l'intérieur de son propre corps, où son imagination doit conduire les souffles pour les faire circuler dans tous les réseaux et les pores. De surcroît, les différents lieux du corps (qui sont plus souvent des lieux métaphoriques où les énergies s'échangent et se transforment plutôt que des organes bien précis et décrits par la médecine biologique) sont, comme les sites du paysage extérieur, habités par des divinités. Des textes parmi les plus anciens de la culture de soi taoïste, tel le *Laozi zhongjing*, « Livre central de Laozi », qui date de l'époque des Han, sont consacrés à une description de ces lieux intérieurs et des divinités qui les habitent, chacune ayant des attributs spécifiques (couleurs des vêtements et des coiffes, nombre de subalternes...). L'adepte doit régulièrement les passer en revue, les convoquer, et s'assurer qu'aucune ne quitte sa place. En effet, les taoïstes voient le corps, et donc la personne, comme un ensemble multiple,

Les cartes du corps élaborées par les taoïstes afin de guider les adeptes dans leur travail de culture de soi combinent la physiologie réaliste et la symbolique. Il en va ainsi de schémas simples, comme le dessin ci-dessous représentant les cinq viscères (foie, cœur, rate, poumons, reins) liés dans un cycle d'influences réciproques, mais aussi de cartes beaucoup plus complexes. Le *Xiuzhentu* (« Carte de la culture de la transcendance », détail à gauche) montre le corps humain avec ses organes, mais aussi des trigrammes, chiffres et autres symboles cosmologiques, des concepts et des procédures écrites, et un embryon d'immortalité logé au cœur de l'individu.

complexe, qu'il faut maintenir dans sa cohésion ; la mort est la division de la personne en ses entités constituantes qui, n'étant plus réunies par la force de la volonté, se séparent et partent dans des directions opposées.

Le départ d'une ou plusieurs de ces divinités qui gèrent les différentes parties et fonctions du corps cause la maladie, la folie ou la faiblesse – voire la mort. Il faut alors compenser le déséquilibre qui a causé le départ, mais aussi dans certains cas, rappeler et fixer au corps l'âme enfuie. Les âmes sont souvent décrites comme au nombre de dix : trois âmes sont de nature *yang*, les *hun*, et aident l'individu dans sa recherche de spiritualité, d'épanouissement et de bien-être, tandis que les sept autres, de nature *yin*, les *po*, souhaitent sa mort pour se nourrir du cadavre. Ainsi, plutôt qu'une cohabitation temporaire entre corps et âme, le corps taoïste est un équilibre complexe entre des forces et aspirations divergentes.

Les trois âmes *hun* et les sept âmes *po* qui ensemble animent l'être humain ont été représentées de façons très diverses selon les textes et les époques. Certaines représentations des *po* en font des monstres, plus ou moins semblables à des vers, qui veulent retourner à la terre et causent donc en fin de compte la mort. L'illustration ci-dessous en donne une image plus positive, où les *po* (à gauche) et les *hun* (à droite) sont dépeints comme des taoïstes installés dans le paysage intérieur.

Taoïsme et médecine chinoise

Une grande partie du vocabulaire, des cartes et des techniques du corps est partagée par les taoïstes (dans le but de pratiquer la culture de soi) et les médecins (dans un but thérapeutique). Les rapports entre le taoïsme et la médecine chinoise sont intimes, même si, très tôt, dès le début de notre ère, les deux domaines furent pleinement autonomes avec leurs propres textes et leurs propres systèmes de formation. Très longtemps, les saints patrons des médecins furent des taoïstes, depuis l'Empereur

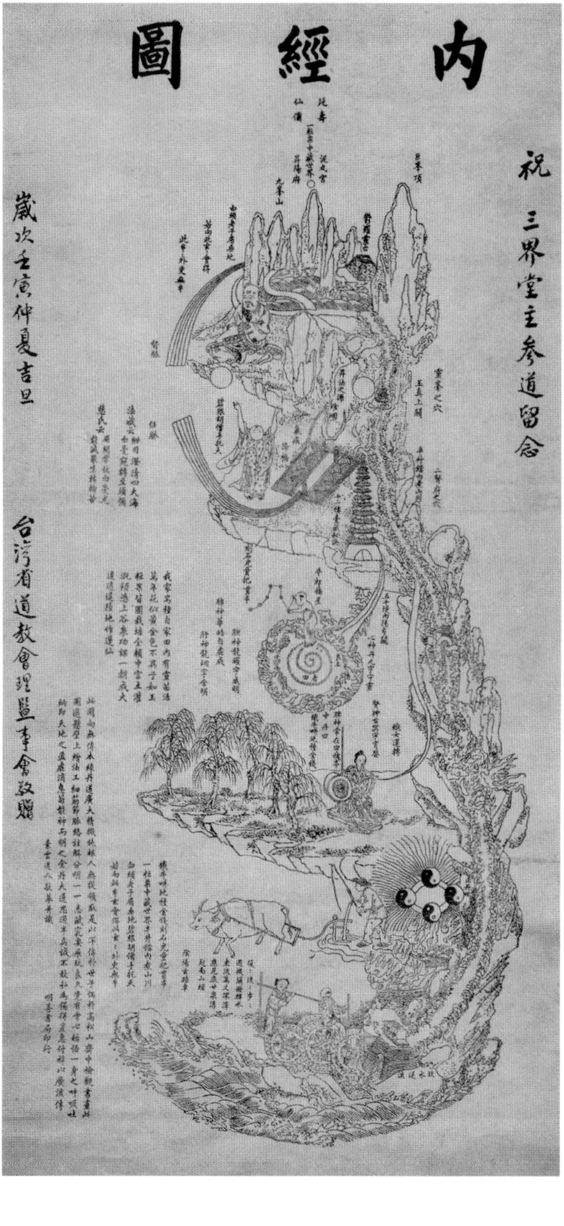

Le *Neijingtu* (« Carte des circulations internes ») est l'une des cartes taoïstes du corps les plus diffusées à l'époque moderne. Elle fut élaborée par des moines taoïstes de l'ordre Quanzhen au monastère Baiyunguan à Pékin à la fin du XIXe siècle, et gravée sur une stèle d'où des estampages étaient et sont encore aujourd'hui tirés pour être vendus. Elle met en particulier l'accent sur la circulation de l'énergie dans les principaux canaux du corps, montant et descendant le long de la colonne vertébrale et traversant les trois « champs de cinabre » qui sont les trois parties principales du corps alchimique. Le champ inférieur (localisé dans le ventre), « océan du *qi* », est représenté comme une mer agitée ; le médian (dans le thorax) est un paysage où se rencontrent le bouvier et la tisserande (des amoureux mythiques qui ont donné leur nom à des constellations), métaphore de l'union alchimique du *yin* et du *yang*. Enfin, le champ supérieur (dans la tête) est une montagne. Les niveaux de lecture de la carte et des poèmes qui l'entourent sont multiples, allant du poétique à la technique alchimique.

De tous temps, certains taoïstes formés à la médecine ont reçu les patients dans les temples. C'est toujours le cas aujourd'hui (ci-dessus, un moine taoïste rédigeant une prescription), même si l'encadrement désormais très précis de l'exercice légal de la médecine limite les possibilités ; la pratique des rituels de guérison est encore plus surveillée.

jaune, Huangdi, souverain mythique de l'Antiquité chinoise, à qui est attribué le plus vénérable traité de médecine, rédigé sous les Han, jusqu'à Sun Simiao, grand médecin et taoïste du VIIe siècle de notre ère, devenu un saint auquel de nombreux temples sont consacrés, souvent gérés par les guildes de médecins jusqu'aux années 1930.

La médecine taoïste allie au corpus commun de la médecine lettrée (guérison par les médicaments et l'acupuncture) des techniques rituelles, destinées à chasser les démons porteurs de maladies, ainsi que des techniques de longue vie. Entre le XIe et le XIXe siècle, des médecins lettrés, s'identifiant à un confucianisme de plus en plus rigoriste voire fondamentaliste, entreprirent d'expurger la médecine chinoise (du moins dans ses formes les plus officielles) de ses éléments purement taoïstes. Cependant, de nombreux taoïstes continuèrent jusqu'aujourd'hui à pratiquer la médecine et leurs consultations restent très recherchées. Dans les années 1920 et 1930, lorsque la vague d'occidentalisation et de rejet de la culture traditionnelle chinoise était à son comble, le gouvernement républicain envisagea d'interdire purement et simplement la médecine chinoise au profit de la seule médecine biologique occidentale ; les médecins s'organisèrent et réussirent finalement à faire reconnaître leur discipline comme une part positive de l'héritage culturel chinois. Cette époque vit un fort rapprochement entre les milieux religieux et médicaux, unis pour la défense de la culture chinoise au sens large. Les plus éminents leaders taoïstes de l'époque étaient aussi des médecins réputés, que le gouvernement communiste enrôla, tel le très influent Chen Yingning (1880-1969), qui voulut réformer le taoïsme autour d'une approche à la fois spirituelle et scientifique fondée sur la tradition de l'alchimie intérieure.

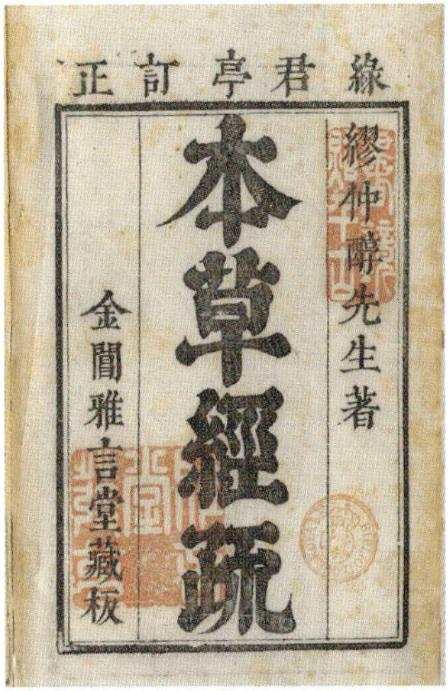

Cet ouvrage destiné aux praticiens de la médecine traditionnelle chinoise (page de titre ci-dessus) répertorie 490 sortes de plantes et minéraux à usage médicinal. L'auteur de cette glose, Miao Zhongchun (1546-1626), revendique une tradition partant des ancêtres mythiques : Shennong (le Divin Laboureur) et Huangdi (l'Empereur jaune).

Sun Simiao, saint patron des médecins, est représenté, ci-contre, sous les traits et vêtements du fonctionnaire qu'il fut un temps, comme médecin à la cour des Tang, avant de se retirer dans les montagnes. Il y soigna le tigre qui lui sert habituellement de monture et le dragon dont la tête figure sur son bras gauche.

Nourrir le corps : les techniques de longue vie

L'idée d'extirper les causes de mort en soi, pour garder et cultiver le souffle originel reçu à la naissance et rendre son corps parfait et donc immortel, est déjà bien diffusée dès l'Antiquité ; elle sous-tend les cultes des immortels largement répandus dès cette période et qui perdurent

aujourd'hui. Ces immortels avaient chacun une technique, une méthode concrète, et les auteurs taoïstes au travers des âges s'employèrent à compiler, codifier et discuter les mérites réciproques de ces diverses méthodes. Ainsi, le célèbre Ge Hong (283-343) qui, dans son ouvrage *Baopuzi* (« Le maître qui embrasse la simplicité »), présente un panorama des techniques pratiquées à son époque, tout en tentant de convaincre le lecteur de la supériorité de l'alchimie.
Les techniques de gymnastique, visant à rendre le corps totalement souple et ouvert à la circulation des souffles, furent tôt prisées, enseignées et illustrées par des schémas montrant les postures (dont certaines

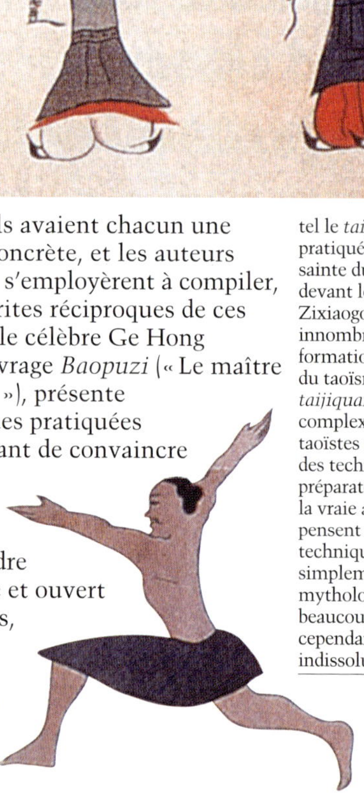

Les techniques de contrôle du corps par la gymnastique ont une très longue histoire, depuis les manuscrits illustrés du Ier siècle avant notre ère retrouvés dans une tombe à Mawangdui (relevé ci-dessous) jusqu'aux écoles contemporaines, tel le *taijiquan* (à droite, pratiqué sur la montagne sainte du Wudangshan, devant le temple Zixiaogong, par l'une des innombrables écoles de formation). Les rapports du taoïsme et du *taijiquan* sont très complexes : certains taoïstes n'y voient que des techniques mineures, préparatoires, en vue de la vraie ascèse ; d'autres pensent qu'il s'agit d'une technique de combat simplement nimbée de mythologie taoïste. Pour beaucoup de pratiquants, cependant, les deux sont indissolublement liées.

紫霄殿

résultent de l'observation des mouvements naturels des animaux). Les techniques sexuelles visant à échanger les souffles *yin* et *yang* des partenaires, eurent aussi leurs adeptes et simultanément de nombreux détracteurs. Par ailleurs, les initiés de la tradition Shangqing pratiquèrent des visualisations très complexes des divinités associées aux divers astres dont il fallait absorber les énergies.

La diététique

Parmi les techniques du corps taoïstes, la diététique, considérée seule ou en complément d'autres techniques, a toujours joué un rôle essentiel. Les immortels de l'Antiquité étaient représentés à la fois comme des divinités faisant pousser les céréales et comme des êtres « sortis » de la civilisation, donc ne mangeant plus les nourritures « civilisées » : les plantes cultivées, c'est-à-dire essentiellement les céréales, et les aliments cuits. Un grand nombre de régimes d'immortalité furent élaborés et publiés, souvent sous le terme générique de *bigu*, « rejeter les céréales ». Principalement à base de viandes séchées (de préférence d'animaux sauvages, non domestiqués) et de fruits secs, ces diètes utilisent des aliments considérés comme entièrement assimilables et ne produisant pas de matières rejetées par le système digestif (certains immortels sont réputés avoir atteint leur salut en ne se nourrissant que de pignons de pin).

L'ermite taoïste cueillant des simples dans la montagne constitue un thème littéraire, poétique et pictural très courant, recoupant celui de la randonnée dans la nature. De fait, l'intérêt des taoïstes pour les plantes sauvages, qui les menèrent à compiler les plus anciens herbiers de famine connus, perdure aujourd'hui : les taoïstes habitant

Le canon taoïste renferme des corpus botaniques illustrés allant des plantes aromatiques et médicinales courantes jusqu'aux espèces rares, voire magiques. Le champignon représenté et brièvement décrit sur la gravure ci-dessous constitue un des éléments d'une classification illustrée de cent vingt-six espèces de champignons merveilleux compilée sous les Song. Celui-ci, d'apparence modeste malgré ses trois petites cornes, se cueille au bord de l'eau. Il est de goût amer et se consomme l'été comme un concombre et confère une immortalité de cent mille ans.

les montagnes collectent et vendent des herbes et des champignons dont ils vantent les pouvoirs. Certains régimes comprenaient aussi des substances minérales destinées à tuer les « trois vers », c'est-à-dire les causes de mort logées dans le corps. Ces pratiques, qui apparaissent aujourd'hui hallucinogènes et parfois mortellement toxiques, peuvent expliquer les états d'exaltation mystique dans lesquels écrivaient certains quêteurs d'immortalité.

Certaines plantes extraordinaires doivent être recherchées au fond des grottes de montagnes ou des forêts impénétrables. Ci-dessous, ce promeneur court vêtu et chaussé de sandales, tenant un panier à la main, est sans doute un « cueilleur de simples ».

Le produit de sa quête servira à la composition de remèdes de la pharmacopée chinoise traditionnelle.

Si les régimes les plus extrêmes n'étaient pratiqués que par de petits groupes d'adeptes avancés, les préoccupations diététiques (très présentes aussi dans la médecine chinoise), combinées à des règles de pureté (abstinence de viande et d'alcool avant les fêtes) et à des interdits divers, contribuèrent à façonner une culture taoïste de l'alimentation et de la bonne vie, qui s'est diffusée à travers toute la Chine.

Le corps mystique : l'alchimie taoïste

Sur la base des multiples techniques de longue vie s'est développée à partir du IXe siècle environ une tradition très spéculative généralement connue sous le nom d'alchimie intérieure. Ce terme renvoie à l'alchimie opératoire, qui existe depuis l'Antiquité et a perduré jusqu'à l'époque moderne, quoique de façon très marginale. À l'instar de l'alchimie des pays musulmans ou européens, l'alchimie opératoire taoïste allie une démarche expérimentale, qui a, semble-t-il, apporté de réelles avancées dans les connaissances sur les matières minérales, à une structure symbolique, visant à se transformer et se purifier soi-même en même temps que l'on transforme la matière. En réaction à l'alchimie opératoire, l'alchimie intérieure en conserve le vocabulaire richement imagé (le chaudron, le cinabre, les rythmes du feu...) tout en lui donnant un sens purement symbolique servant à décrire les processus internes au corps humain. L'alchimiste doit voir son corps comme un mécanisme que l'on peut non seulement comprendre mais aussi maîtriser et

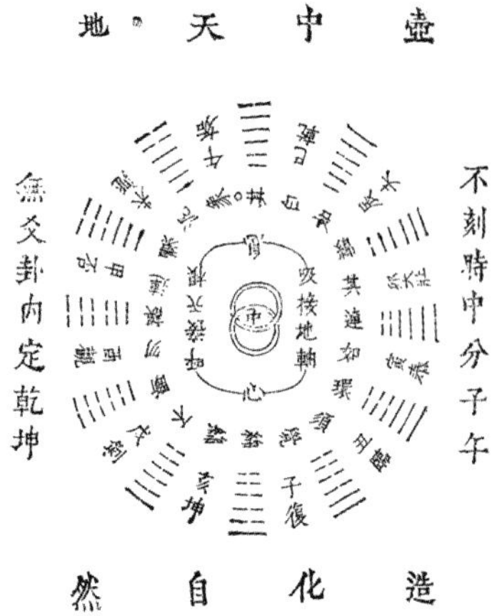

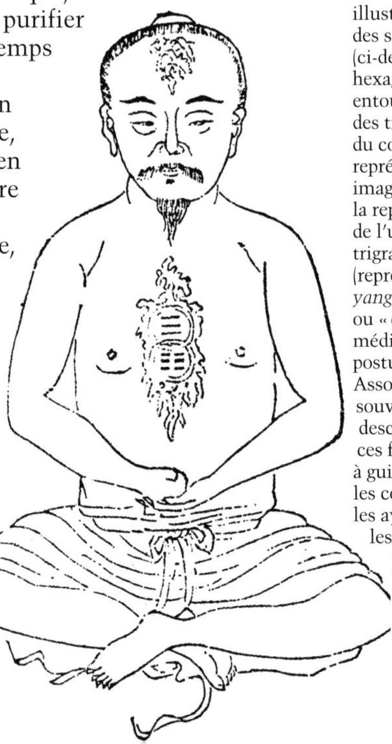

Les manuels d'alchimie intérieure sont le plus souvent largement illustrés, tant par des schémas abstraits (ci-dessus, douze hexagrammes entourant le cycle des transformations du corps), que par des représentations plus imagées : ci-contre, la représentation de l'union des deux trigrammes *qian* et *kun* (représentant le *yin* et le *yang*) dans la poitrine ou « champ de cinabre » médian de l'adepte en posture de méditation. Associées à des poèmes souvent remplis de descriptions visuelles, ces figures servaient à guider l'adepte qui les contemplait ou, les ayant mémorisées, les visualisait intérieurement.

manipuler à l'aide des symboles (ceux de l'alchimie mais aussi les chiffres, les hexagrammes divinatoires, etc.). Se développe ainsi l'idée que, bien entraînée, la force de l'imagination créatrice peut transformer le corps, le déconstruire et le reconstruire en en extirpant les causes naturelles de déchéance, pour le rendre parfait et donc inaccessible aux contingences de ce monde.

L'alchimie intérieure est par conséquent un exercice spirituel très exigeant, qui nécessite une haute agilité intellectuelle et une capacité, forgée par des années de formation sous la houlette de maîtres sévères et d'expérimentation sur son propre corps, à jouer avec ses symboles en guidant l'imagination dans les circuits du corps. Ce jeu est dangereux, et les manuels décrivent tous les écueils d'une manipulation mal maîtrisée (en particulier par l'adepte expérimentant seul, sans le soutien d'un maître) et des visions « démoniaques » terrifiantes que l'on doit surmonter. Mais c'est aussi un domaine poétique, où, à côté des traités spéculatifs, les maîtres enseignent sous forme de poèmes à la symbolique foisonnante, jouant systématiquement sur les doubles sens, décrivant des paysages à la fois cosmologiques, terrestres et physiologiques. La métaphore la plus couramment utilisée dans les textes alchimiques pour décrire la transformation de l'adepte est celle de la femme enceinte : l'adepte féconde en lui-même un embryon (son « vrai moi ») qu'il nourrit et fait grandir jusqu'à sa naissance (par le sommet de la voûte crânienne ou sinciput), qui marque l'achèvement de la quête alchimique et l'obtention de l'immortalité.

Le but ultime de l'alchimie intérieure est la libération par le sinciput de l'homme transcendant, conçu et grandi dans le corps ordinaire ; ainsi le pratiquant accouche par le haut de son propre enfant immortel. Les textes illustrent volontiers ce moment mystique en montrant l'être transcendant comme un nouveau-né (ci-dessous, dans un manuscrit coréen du XVIIe siècle). Pour les taoïstes, cet être, quoique d'une autre nature que le corps ordinaire dont il est issu, est bien matériel, et n'est pas un simple esprit qui ne peut agir sur le monde.

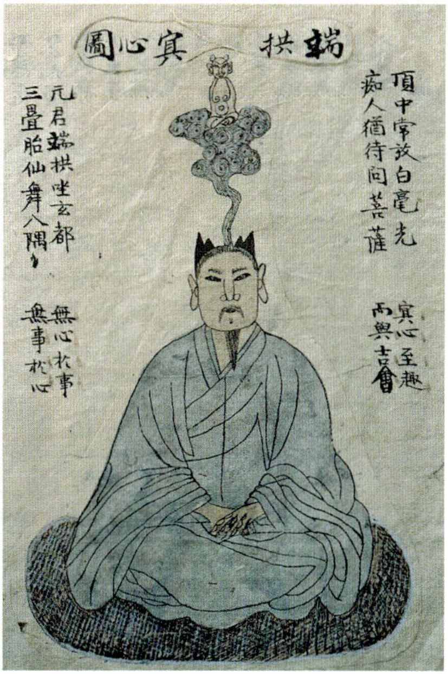

Corps masculins et féminins

Les dames immortelles sont aussi nombreuses que leurs homologues masculins ; certaines ont eu dans ce monde de nombreux disciples de leur temps, et des dévots par la suite. Le portrait ci-dessus est celui de Tanyangzi (1557-1580), une jeune femme de très bonne famille, qui pratiqua l'alchimie intérieure, eut de longues visions des immortels et enseigna sur la base de textes classiques taoïstes et bouddhiques ; au moment de sa mort, à 23 ans, elle comptait parmi ses disciples plusieurs des plus grands fonctionnaires et lettrés de son temps.

Les taoïstes, tout en étant très familiers avec la mystique bouddhique qu'ils citent et utilisent volontiers, ont reproché aux bouddhistes de chercher à atteindre la transcendance en ignorant le corps physique, alors qu'eux-mêmes ne conçoivent pas l'une indépendamment de l'autre. Ils illustrent ce point de vue en racontant l'anecdote de la joute entre un saint taoïste et un bouddhiste ; tous deux surent sortir de leur corps physique pour aller en un instant à l'autre bout du monde et en revenir, mais tandis que le bouddhiste n'avait pu que raconter ce qu'il avait vu, le taoïste (qui reste de ce monde tout en le transcendant) en avait ramené une fleur, preuve de sa maîtrise sur le monde physique.

L'attention portée à la dimension corporelle dans la quête alchimique débouche naturellement sur une réflexion sur la différence entre hommes et femmes. Une tradition spécifique d'alchimie féminine née au XVIIe siècle, partant des principes communs de l'alchimie intérieure, développe des techniques adaptées au corps féminin, réputé plus apte (de par sa capacité à donner la vie) à engendrer l'embryon d'immortalité. Les femmes doivent d'abord faire cesser leurs règles (de même que l'adepte masculin avancé voit son sexe rétrécir jusqu'à disparaître) afin que leur énergie générative soit gardée en elles-mêmes plutôt que perdue en vain. Le corps alchimique idéal est un corps sans « fuite » qui ne laisse aucun fluide s'écouler vers l'extérieur.

Une bonne partie de l'alchimie intérieure, et donc de l'ensemble de la spiritualité taoïste moderne, se présente comme une intériorisation de la sexualité, où l'on se dispense totalement de partenaire réel. Mais cette perspective, si elle est dominante, n'est pas unique. Non seulement, parmi les pratiquants, les points de vue sur le mode de vie idéal en vue de la quête d'immortalité divergent, entre ceux qui prônent le célibat et la retraite (monastique ou érémitique) et ceux qui recommandent la vie dans ce monde ; mais certains recommandent même la pratique en couple, où l'union sexuelle maîtrisée permet d'échanger

Bixia Yuanjun, l'une des déesses protectrices de la maternité, tient ici un autre rôle : celui d'une sainte en quête d'immortalité, traversant les phases périlleuses de l'alchimie intérieure.

les souffles et les énergies pour le bien commun des deux pratiquants. La plupart des auteurs reconnaissent que cette pratique en couple peut mener à l'immortalité, mais la déconseillent vivement comme particulièrement dangereuse, le moindre moment d'égarement pouvant mener à la perte de l'énergie vitale de l'un ou l'autre partenaire.

De plus, ils prennent soin de la distinguer du vampirisme sexuel, où le pratiquant capte les énergies de jeunes partenaires au détriment de ceux-ci – techniques que les taoïstes ont toujours rejetées (ne serait-ce que pour leur immoralité) mais qui leur sont parfois imputées dans l'imaginaire populaire. Les textes taoïstes ont très rarement condamné la sexualité, mais ont toujours tenté de la canaliser.

L'immortalité

L'essor de l'alchimie intérieure, sans faire disparaître les autres traditions plus anciennes de techniques taoïstes d'immortalité, a imposé une représentation dominante de la transcendance depuis un bon millénaire. Cette représentation veut que l'adepte crée en lui un corps immortel, qui a une réalité physique, mais qui se détache de son corps ordinaire; l'immortel laisse derrière lui une dépouille, comme l'insecte qui mue laisse une carapace. Les récits les plus anciens montrant les immortels « monter au Ciel en plein jour » ont laissé place à des transformations plus profondes, où un être spirituel se détache de l'enveloppe corporelle. Il n'en reste pas moins que l'immortel reste présent et actif en ce monde ; il se révèle par des apparitions et dialogue avec ses adeptes notamment par l'écriture inspirée.

L'immortel le plus vénéré des temps modernes est sans aucun doute Lü Dongbin. Sa légende en fait un lettré du VIIIe siècle qui serait devenu un adepte d'alchimie ; sans doute n'a-t-il jamais existé comme personnage historique. Mais, dès le Xe siècle, les récits de ses apparitions au cours desquelles il guide sur la voie de l'ascèse ses adeptes, en particulier les humbles et les marginaux (petits colporteurs, prostituées, étudiants en échec...), se multiplient, et un culte se met en place avec des temples partout en Chine, si bien qu'il est adopté par le clergé taoïste comme l'un de ses patriarches. En notre début de XXIe siècle plus que jamais, Lü révèle des

Les immortels ne sont pas dans la culture chinoise des fantasmes ou des idéaux ; ce sont des êtres bien présents, qui se manifestent par des miracles, des apparitions et des révélations. Au demeurant, « immortel », *xian*, est un terme que l'on utilise fréquemment pour désigner les médiums qui font parler les divinités. Lü Dongbin, souvent représenté en lettré (à gauche), est l'objet d'un culte dans d'innombrables temples partout dans le monde chinois, où souvent l'on pratique l'écriture inspirée pour communiquer directement avec lui. La photo ci-contre montre deux médiums tenant les deux branches d'un bâton ; possédé (en l'occurrence par Jigong, un saint bouddhique souvent associé à Lü Dongbin), le bâton écrit dans la cendre ou le sable des caractères ensuite retranscrits au clair par un assistant. Quand il s'agit d'une réponse à une question personnelle posée par un fidèle (souvent une demande de guérison), le fidèle garde la réponse. Mais il arrive souvent que l'immortel parle spontanément et révèle des livres entiers, qui sont alors publiés et distribués gratuitement.

manuels d'alchimie intérieure et donne des instructions personnalisées à ses disciples dans les groupes pratiquant l'écriture inspirée, partout dans le monde chinois de Taipei à Hong Kong, et même à New York. Le grand prestige dont jouissent la figure de Lü Dongbin et d'autres immortels taoïstes et les textes et techniques qui leur sont associés ont fait la fortune des grands monastères taoïstes (où ces

L'immortel Xu Xun est, dit-on, monté au Ciel avec toute sa maisonnée, animaux compris (ci-dessus, son ascension). Fonctionnaire intègre, il aurait vécu de 239 à 336 dans la région du Xishan (montagne de l'Ouest)...

techniques sont enseignées à un petit nombre de disciples) mais ont aussi été récupérés par des nouveaux mouvements religieux qui les ont de diverses façons vulgarisés et diffusés. Au travers de ces mouvements (parfois qualifiés de « sectes » ou de nouvelles religions), l'influence du taoïsme s'étend très au-delà des institutions et communautés officiellement reconnues comme « taoïstes ».

... Ses exploits de héros civilisateur subjuguant les monstres et pacifiant la Terre sont à l'origine de son culte. Il est le patriarche du Xiaodao, la Voie de la Piété filiale, qui réconcilie des idéaux taoïstes et confucianistes.

« Les divinités en charge des territoires, qui assurent la paix dans la communauté [soumise à leur juridiction] et y dispensent aux vivants leurs bénédictions, méritent d'être promues par notre édit impérial. »

Édit du Maître céleste,
au nom de l'Empereur de Jade,
canonisant un dieu local en 1808

CHAPITRE 4

LA SOCIÉTÉ

Pour les Chinois, dont beaucoup après un siècle d'athéisme officiel n'ont pas eu d'éducation religieuse formelle, le taoïsme c'est le culte dans les temples, *xianghuo* « le feu de l'encens » (à gauche), mais aussi une culture avec des figures familières, comme la divinité présidant à la longueur de la vie humaine, Shoulao (ci-contre, sur un paquet de vermicelle).

Les lieux saints

Les premiers lieux saints taoïstes furent très certainement les lieux de culte aux immortels qui foisonnèrent dès la fin de l'Antiquité ; ils ont donc été le centre d'un culte qui ne s'est jamais arrêté depuis. Tous n'étaient pas, comme c'est généralement le cas à l'époque moderne, des temples à structures de bois construits pour abriter la statue de l'immortel ou du dieu local ; on pouvait aussi honorer ce dernier sous la forme d'une stèle en pierre inscrite d'un texte narrant son histoire, ou dans un lieu en plein air d'où il était monté au Ciel. De fait, les textes les plus anciens du taoïsme n'évoquent pas de représentation figurée des immortels ou des divinités ; c'est le texte écrit (lu, puis brûlé) qui est au cœur de la communication avec l'autre monde, et non les images. Cette conception opposa nettement, du moins dans un premier temps, le taoïsme au bouddhisme, qualifié en chinois de « religion des images », et qui apporta d'Inde et d'Asie centrale une conception nouvelle de l'icône, de la façon de l'animer et de lui rendre un culte. Si le taoïsme adopta, surtout à partir du VIe siècle de notre ère, les images figurées, il garda des conceptions du lieu saint qui lui sont propres.

L'organisation de base du taoïsme est la communauté du dieu du Sol (*she* – terme qui signifie « société » en chinois moderne). Les dieux du Sol dans l'Antiquité étaient représentés par une pierre dressée ou un arbre sur un tertre. On trouve encore ces pierres ou arbres dans certaines parties de la Chine, et partout on voit des petits autels à même le sol (ci-dessous). De tels dieux sont génériques, ils n'ont pas d'identité propre ; on les imagine comme un vieux chef de village bienveillant, qui protège ceux dont il a la charge. Les dieux du Sol dédiés à un territoire plus vaste (un village entier, par exemple) bénéficient souvent d'une identité propre et sont vénérés dans un temple.

Les montagnes

La conception taoïste du lieu saint emprunte beaucoup à la montagne, lieu de communication avec les divinités célestes. On retrouve la métaphore de la montagne dans le plan des temples ; pénétrer dans l'aire sacrée se dit « entrer dans la montagne » ; en outre, de nombreux sites sont construits sur les montagnes, des simples collines près des villes jusqu'aux pics escarpés des Cinq Montagnes sacrées (une pour chacun des quatre orients plus le centre). Ces dernières, et d'autres

encore, couvertes de temples (où se croisent souvent bouddhistes et taoïstes) dès les débuts de notre ère, sont des lieux de pèlerinage attirant chaque année des millions de visiteurs, mi-touristes mi-dévots. Ainsi, le Wudangshan, que les taoïstes décrivent comme le lieu de l'ascèse et de la divinisation du Saint Empereur du Ciel sombre (Xuantian shangdi, une divinité exorciste dont le culte est répandu dans toute la Chine), est aujourd'hui plus visité que jamais, tant par les personnes souhaitant remercier le dieu des prières exaucées et de l'aide accordée, que par des amateurs d'arts martiaux (le *taijiquan*, très populaire en Occident, est une tradition locale d'arts martiaux, transmise entre autres par les taoïstes de cette montagne). D'autres visiteurs viennent contempler l'architecture monumentale, érigée en partie par des empereurs des Ming qui firent de ce dieu le protecteur de leur dynastie. On y admire aussi les arbres et plantes rares qui poussent sur la montagne et la vue saisissante que l'on peut embrasser du sommet.

De très nombreux temples sont bâtis au pied de la montagne du Wudangshan ou sur ses versants ; le rempart qui enserre le sommet reproduit la Grande Muraille. Tout en haut, se trouve le « temple d'or », entièrement en bronze, que le soleil fait briller. Ce temple abrite la statue la plus sacrée du Saint Empereur du Ciel sombre que l'on vénère sur toute la montagne. Cet ensemble fut construit au début du XVe siècle par les empereurs Ming ; architecture et décor y sont saturés de symboles impériaux.

Les temples du Wudangshan figurent parmi les ensembles taoïstes les mieux préservés. Leur architecture n'est pas différente de celle des temples bouddhiques ou confucéens, ni même de l'architecture palatiale : mêmes plans et styles (qui varient suivant les régions), mêmes architectes, sculpteurs et peintres. Les temples sont des demeures des divinités et le nom, le plan et la décoration du temple répondent au rang de la divinité dans le panthéon. Ici, les temples du Saint Empereur du Ciel sombre, donc d'une divinité ayant rang d'empereur, sont sur le modèle palatial. Les grandes cours, dont les bâtiments latéraux accueillent des divinités annexes (on peut en compter plus de cent), donnent sur le bâtiment le plus haut, orienté vers le sud, qui abrite la statue de la divinité principale. Des terrasses accessibles par des marches accentuent encore la prééminence symbolique de ce bâtiment principal. Les pèlerins et dévots contribuent à décorer les temples en y offrant des ex-voto, des meubles, des stèles commémoratives, ou des brûle-encens en fer ou en bronze (ci-contre, au temple Zixiaogong). On y brûle aussi les monnaies d'offrande et les requêtes écrites adressées aux divinités.

Construire l'aire sacrée

Le lieu saint taoïste peut aussi être créé n'importe où, provisoirement, le temps du rituel. Le modèle du lieu où l'on communique avec les divinités dans la liturgie classique est l'autel en plein air, constitué de trois terrasses superposées, correspondant aux

La construction de l'aire sacrée par les taoïstes est un moment exceptionnel et spectaculaire pour la famille ou la communauté qui les invite. Une place publique ou une cour de maison est transformée en un centre de vie où les prières et la musique continuent nuit et jour, parfois pendant une semaine. L'atmosphère est particulièrement intense la nuit ; les rites de salut des défunts, en effet, ne se déroulent qu'après la tombée du jour. Les peintures liturgiques disposées tout autour de l'autel (ci-contre), le feu et les senteurs des bougies et de l'encens (jusqu'au grand incendie final où sont consumés en un immense brasier, avec une grande quantité d'offrandes, tous les textes utilisés pendant la durée du rituel), les broderies et bannières et les lampes et statues qu'apporte chaque famille participant aux cérémonies, tout concourt à faire de l'aire sacrée un lieu surchargé qui sature tous les sens.

trois étages de la cosmologie. Mais, que les prêtres taoïstes officient sur un autel de ce type, dans un temple où ils sont invités, dans une maison ou sur une place publique, dans tous les cas, ils doivent commencer par construire symboliquement le lieu saint en le délimitant, en en purifiant l'intérieur, en expulsant les souffles impurs et les démons qui y rôderaient. La délimitation se fait avec divers objets, dont des textes sacrés qui marquent et ancrent le territoire, et des peintures portatives des divinités qui sont invitées à descendre dans l'aire rituelle et à en garder les frontières.

Ce n'est que dans quelques temples habités en permanence par les taoïstes que cette construction d'aire sacrée peut être simplifiée (mais jamais supprimée). Dans de tels temples, des salles, en plus des salles de culte, sont prévues spécifiquement pour conduire les rituels, et leurs murs sont souvent couverts de panthéons complets, organisés en fonction de l'ordre suivant lequel ces divinités sont invitées à descendre dans l'aire sacrée. Dans ces temples, comme dans tout autre lieu où l'on construit provisoirement une aire rituelle, des règles de pureté sont observées : les personnes ayant consommé de la viande et de l'alcool ou ayant eu des rapports sexuels pendant les trois jours précédents ne peuvent y entrer.

Le caractère éphémère de l'aire sacrée est bien illustré par ce plan des enfers réalisé avec du riz (ci-dessous). Au cours du rituel, l'officiant taoïste va le disperser afin de libérer les âmes souffrantes.

Les temples

Parmi les très nombreux temples (on en comptait au moins un million vers 1900, avant la grande vague de destruction du XXe siècle), seule une petite minorité comptait des taoïstes à résidence. Cette minorité correspond à deux cas de figure : d'abord de grands temples, contrôlés par les taoïstes eux-mêmes, servaient de centres de formation et d'ordination, où les prêtres taoïstes venaient suivre des stages et se perfectionner. Ces grands temples entretenaient aussi des rapports privilégiés avec les fonctionnaires locaux et les élites commerçantes, pour lesquels ils organisaient des grands rituels communautaires. Par exemple, les taoïstes géraient souvent, en chaque ville, le temple du dieu de la Cité réputé régir les destins des vivants et des morts dans toute la circonscription, et y administrer la justice divine. Parmi les résidents de ces grands temples taoïstes, certains étaient célibataires notamment, mais pas uniquement au sein de l'ordre

Le temple du Pic de l'Est à Pékin (ci-dessous) est représentatif des plus grands temples urbains qui jadis organisaient la vie religieuse et culturelle de la cité ; plus de cent guildes et associations pieuses le finançaient et l'animaient. Confisqué après 1949, il a été rouvert en tant que musée en 1999 ; mais c'est depuis 2008 seulement que quelques taoïstes sont autorisés à y conduire des rituels. Malgré le prix élevé du billet d'entrée, les visiteurs sont nombreux, comme en témoignent les plaquettes de bois rouge portant une prière, visibles au premier plan.

Quanzhen (« Vérité intégrale », fondé à la fin du XIIe siècle), et d'autres étaient mariés (leur famille vivant dans des résidences à l'extérieur du temple). Une partie de ces grands temples, en Chine populaire, a été rouverte depuis 1980. Placés sous le contrôle du bureau des affaires religieuses du gouvernement, ils sont gérés directement par l'Association taoïste de Chine, dont ils constituent les centres officiels.

Par contraste avec les grands temples muséifiés, les petits temples gérés par les communautés locales gardent une atmosphère informelle ; ils restent des centres de vie. Dans ce petit temple de Hong Kong (consacré au saint local Hongsheng), dans un hameau de pêcheurs, la fête annuelle attire plus d'une centaine d'associations qui apportent chacune un palanquin et un porcelet laqué. La petite salle du temple ne contient qu'une association à la fois ; les autres attendent dehors en appréciant cette atmosphère *honghuo*, « rouge comme le feu ».

L'autre cas de figure, plus fréquent, est celui des temples de quartier, de village, ou de guildes dont les administrateurs laïcs engageaient contractuellement un taoïste (ou un bouddhiste) à habiter le temple et y rendre des services religieux aux membres de la communauté locale, moyennant salaire. Enfin, la grande majorité des temples chinois n'a pas de clergé en résidence, mais invite régulièrement des taoïstes (mais aussi des bouddhistes, des confucianistes) à venir officier, notamment lors des grands festivals annuels. Ainsi, ces nombreux temples aux saints locaux ne sont pas

« taoïstes », au sens où ils auraient une affiliation unique au taoïsme à l'exclusion du bouddhisme et du confucianisme; ils n'en font pas moins partie de l'organisation taoïste de la société, fondée sur de multiples communautés locales autonomes qui communiquent entre elles et avec les divinités supérieures (le Ciel, les divinités régissant le destin) par l'intermédiaire des taoïstes et de leurs rituels.

Les taoïstes dits « maîtres au foyer », qui sont invités à venir dans les temples en certaines occasions, sont bien plus nombreux que l'élite habitant les grands temples. Parfois, ils travaillent aussi comme paysans, commerçants ou employés, mais ont un autel chez eux où ils accomplissent les rites simples et reçoivent les gens sollicitant leurs services. Peu de gens en Chine même ou dans les communautés chinoises d'Asie du Sud-Est ou en Occident se déclarent « taoïstes », et les organisations de laïcs se réclamant explicitement du taoïsme (qui mettent en place des cours ou des activités caritatives) sont relativement peu nombreuses. Cependant, un nombre bien plus élevé de Chinois est familier avec les principaux dieux et avec les grands textes fondateurs du taoïsme, et a recours occasionnellement au rituel taoïste en cas de décès, de maladie, ou de changement brusque du destin. En effet, outre la participation aux grandes célébrations

Les rites taoïstes accompagnent les Chinois toute leur vie. À droite, à Tainan (Taiwan), maître Chen asperge un bébé d'eau lustrale, lors d'un rituel de « passage des passes » qui protège dans les situations périlleuses. Ci-dessus, un autel dans le Hunan porte des liasses de monnaies d'offrande destinées au défunt dans l'au-delà.

communautaires annuelles, là où elles existent encore, les Chinois ne se rendent pas au temple ni ne vont voir les taoïstes (ou les bouddhistes) de façon régulière, mais lorsque le besoin s'en ressent. Les taoïstes peuvent organiser un rituel important, mais aussi faire une divination (même si des devins travaillent aussi dans les temples), rédiger le texte d'une prière formelle aux divinités ou un talisman, offrir une consultation médicale (beaucoup de taoïstes sont formés à la médecine chinoise), ou même une aide psychologique. Les grands taoïstes ont en effet beaucoup de disciples personnels, qui les consultent pour leurs choix de vie et apprennent auprès d'eux diverses techniques (méditation, musique, calligraphie).

Si l'État tente d'interdire les rituels hors des temples, les rites funéraires (ci-dessous, dans la campagne du Sichuan) sont en général (sauf mort non naturelle) organisés au domicile, où la famille reçoit tous les proches, voisins et amis.

Cette statue colossale récente de Xuantian shangdi, le Saint Empereur du Ciel sombre, se dresse à Gaoxiong, au sud de Taiwan. Son iconographie actuelle est fondée sur ses apparitions miraculeuses aux monts Wudang : pieds nus, barbe et cheveux au vent, tenant sa longue épée. On trouve ici tous les motifs qui forgent son identité : depuis la tortue enlacée d'un serpent sur laquelle repose son pied gauche (l'emblème antique du « Guerrier sombre », gardien du Nord) jusqu'à sa couronne et son armure attestant son statut d'empereur acquis en 1303.

Des adaptations contemporaines

En Chine populaire, la progressive libéralisation, complexe, variant fortement d'un lieu à l'autre, mais continue depuis 1978, a aussi permis à un grand nombre de taoïstes de sortir de l'ombre et de retrouver leur rôle, tandis que les villages reconstruisaient leurs temples. Ainsi, le taoïsme, tout en ayant été profondément transformé par les bouleversements du XXe siècle, a retrouvé une situation globalement comparable à celle qui était la sienne depuis plus d'un millénaire : il est ancré dans la société où ses prêtres travaillent au sein des communautés rurales, tandis qu'une petite élite, occupant quelques grands temples urbains et officiellement reconnue par l'État, transmet et développe une culture lettrée, de plus en plus assimilée à la culture traditionnelle chinoise (peinture, calligraphie, musique, poésie, philosophie) dans son ensemble.

À Taiwan, malgré des mouvements de modernisation menés par les autorités coloniales japonaises puis par le gouvernement nationaliste après 1949, le taoïsme n'a pas été persécuté à un degré comparable, et les prêtres taoïstes ont maintenu leurs liens étroits avec les temples et la vie culturelle et religieuse des communautés ; il en a été de même à Hong Kong.

Si l'on peut encore observer l'imbrication profonde du taoïsme avec le monde des temples et des montagnes saintes et avec le cycle rituel de la vie familiale et communautaire dans certaines parties du monde rural à Taiwan et en Chine populaire, la situation dans les grandes villes est en revanche assez différente. Tant du fait des destructions et des politiques hostiles au taoïsme tout au long du XXe siècle, que des contraintes propres à l'urbanisme des grandes métropoles du XXIe siècle, où il est extrêmement difficile de construire des grands temples et d'organiser des fêtes religieuses à grande échelle dans l'espace public, le taoïsme prend d'autres formes dans des cités telles que Pékin, Shanghai, Taipei, Hong Kong. S'il y a toujours un petit nombre de temples dans ces villes, beaucoup des citadins n'y vont que très rarement ou jamais, et l'aspect d'un prêtre taoïste ne leur est pas familier.

Ci-dessous, prières et offrandes à l'entrée du temple Wong Tai Sin. Bâti dans les années 1950 sur les hauteurs de Kowloon, c'est un exemple réussi de création moderne dans le taoïsme, puisqu'il est devenu le temple le plus populaire de Hong Kong.

Les nouveaux visages du taoïsme

Cela ne signifie pas que le taoïsme ait disparu de la société urbaine contemporaine. D'autres types de lieux et de groupes religieux, plus adaptés au contexte urbain, y diffusent les textes, les idées et les pratiques taoïstes. En premier lieu, divers nouveaux mouvements religieux centrés sur les techniques du corps véhiculent ces textes, idées et pratiques, qu'ils revendiquent ou non une identité taoïste. En effet, puisque le taoïsme ne demande pas une profession de foi et ne sépare pas radicalement les croyants des non-croyants comme le font les monothéismes, il existe de très nombreuses façons d'être taoïste, et l'importance réelle du taoïsme dans les sociétés chinoises contemporaines dépasse de très loin les seules institutions qui se réclament explicitement du taoïsme. Ainsi, la vague du *qigong* des années 1980 et 1990, même s'il ne s'est jamais présenté comme une « religion », a permis à des centaines de millions de Chinois sortant de la Révolution culturelle – et maintenant aussi

Les efforts de l'Association taoïste officielle pour légitimer le taoïsme s'accompagnent d'une part de folklorisation. Des festivals culturels et autres manifestations officielles visent à donner une image positive du taoïsme comme élément essentiel de la culture chinoise, mais d'une manière parfois assez éloignée du taoïsme vivant. Les démonstrations publiques d'arts martiaux (ci-dessus, à l'occasion d'une exposition de calligraphies et peintures taoïstes) en sont un bon exemple, de même que la statue de Guandi en dieu de la richesse (en haut, à droite, dans un centre commercial).

à beaucoup d'Occidentaux – de découvrir ou redécouvrir la cosmologie traditionnelle, les techniques de gymnastique et de contrôle du souffle et toute une vision du corps qui doit énormément (quoique pas uniquement) au taoïsme. Pour certains, le *qigong* a été une porte d'entrée vers l'étude des textes taoïstes et le monde des temples.

Pour certains intellectuels chinois, cette redécouverte prend sens dans le cadre plus vaste d'une redéfinition de leur identité culturelle après les désillusions du maoïsme ; alors que les générations précédentes avaient évacué tout élément religieux de leur formulation du nationalisme chinois, ces éléments reviennent sur le devant des débats

L'Association taoïste et les temples diffusent des revues sur la vie religieuse ainsi que des textes liturgiques ou de morale (ci-dessous).

intellectuels, avec bien sûr une nouvelle appréciation de l'héritage confucianiste, mais également une nouvelle valorisation du taoïsme. Les grands textes spéculatifs, la haute tradition spirituelle de l'alchimie intérieure, l'esthétique et la musique taoïstes, les règles éthiques, en particulier de respect de l'environnement ; tout cela est progressivement remis en valeur par les penseurs en vue comme partie importante de la culture chinoise, même si la dimension communautaire, qui est essentielle pour comprendre le taoïsme vécu, reste pour eux ignorée ou passée sous silence, parce que liée à une société traditionnelle dont ils ne veulent pas.

Le taoïsme dans la culture populaire

Parallèlement à ces constructions élitistes d'une nouvelle identité culturelle chinoise qui ferait une meilleure part au taoïsme, la culture populaire abonde en éléments, diffus, mais riches, provenant de la culture taoïste traditionnelle. Le plus spectaculaire est sans doute

Les thèmes et les textes taoïstes sont très largement diffusés dans la culture populaire bien au-delà des milieux et institutions taoïstes. Le renouveau général de l'intérêt pour la culture traditionnelle dans l'ensemble du monde chinois suscite une forte demande pour une littérature accessible sur la divination, la cosmologie, les techniques du corps, les grands textes… Ainsi l'auteur de bandes dessinées à succès Cai Zhizhong a vulgarisé le *Zhuangzi* (ci-contre) en choisissant d'illustrer ses paraboles les plus célèbres.

le monde des arts martiaux, ses romans et ses films, dont l'audience est immense dans le monde chinois. Dans le monde du kungfu, les taoïstes ne sont plus les prêtres ignorants et superstitieux que la propagande athée chinoise dépeignait, mais des êtres puissants (qu'ils jouent un bon ou un mauvais rôle) ayant acquis une telle maîtrise de leur corps qu'ils jouissent de pouvoirs inaccessibles au commun des mortels. Par ce biais, la culture populaire contemporaine retrouve une vision du taoïsme, très largement positive, qui était déjà celle des romans, de la poésie et du théâtre anciens, et qui en faisait une autre façon de voir le monde, moins centrée sur la hiérarchie du pouvoir de l'État et de son mandarinat et plus ouverte aux cultures locales et à l'affranchissement des individus.

On connaît le succès des films historiques mettant en scène héros et héroïnes férus d'arts martiaux et de techniques du corps taoïstes. La bagarre chorégraphiée (ci-dessus) avec, au centre, la figure du conteur public muni de son éventail provient d'un film de série B, mais d'autres ont une carrière internationale comme *Tigre et dragon*, de Ang Lee (affiche en haut, à gauche), récompensé par quatre oscars en 2001.

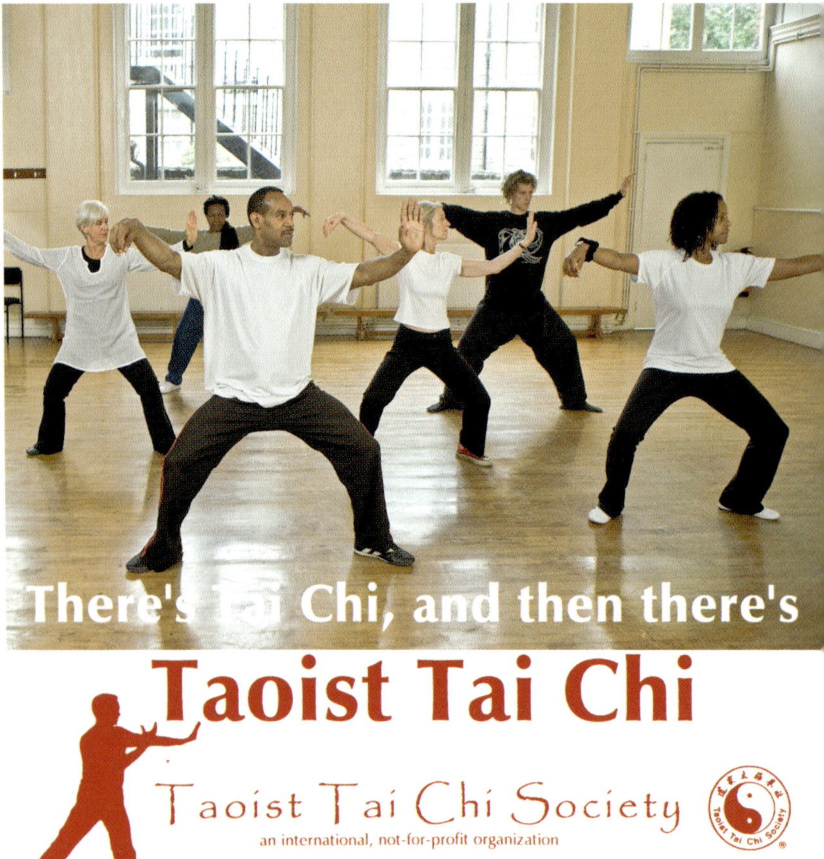

La diffusion du taoïsme en Occident s'accélère fortement dans les années 1970 ; des cours de techniques du corps sont organisés (ci-dessus, aux États-Unis), tandis que les nombreuses traductions permettent de s'approprier les idées taoïstes.
Le *Daodejing* (à droite) est l'un des textes les plus traduits au monde.

Les symboles taoïstes se diffusent aussi dans les arts mineurs et même dans la culture visuelle moderne (publicité, décors urbains) ; ainsi les Huit Immortels, gage de prospérité, sont de nouveau affichés partout.

La diffusion du taoïsme dans le monde contemporain

En Occident, la diffusion du taoïsme suit différents canaux. Les immigrants chinois apportent avec eux leur culture taoïste, et parfois leurs dieux. Si la plupart des temples construits par les Chinois dans

les grandes villes occidentales sont bouddhiques, on trouve aussi, souvent de façon moins visible pour les non-Chinois, des temples ou salles de culte des groupes originaires de régions ou districts précis (et qui se distinguent des autres immigrants chinois notamment par leur dialecte spécifique et manifestent entre eux une solidarité forte) avec des divinités taoïstes, parfois en lien étroit avec un temple de leur région d'origine en Chine même.

Le taoïsme des communautés chinoises, où les services rituels jouent un rôle central, est nettement différent de l'American Taoism, très centré sur l'accomplissement personnel. Ci-dessus, un temple à Vancouver, géré par des immigrants de Hong Kong.

Par ailleurs, des Chinois, ou des Occidentaux convertis en Chine, tentent de mettre en place des groupes de pratique des techniques taoïstes du corps à l'attention des Nord-Américains (une bonne dizaine de groupes y sont bien structurés) et, plus timidement pour l'instant, des Européens.

Ainsi, le taoïsme, pendant si longtemps ancré dans les terroirs chinois, se développe maintenant à l'échelle mondiale, même si cette diffusion se fait de façon très déstructurée, et que les différents aspects du taoïsme (vision du corps, rituels, organisation communautaire) y sont souvent dissociés.

欽奉

TÉMOIGNAGES ET DOCUMENTS

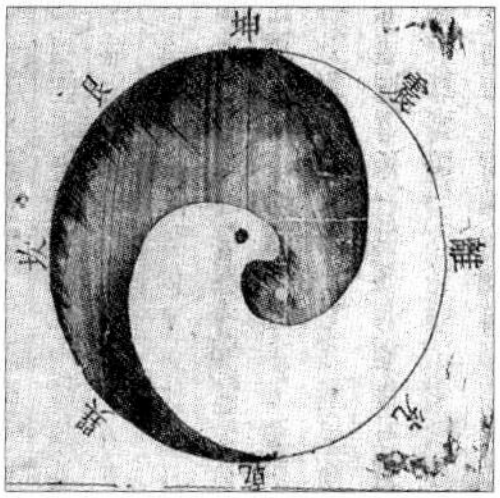

Figures de taoïstes

L'image des taoïstes dans la littérature chinoise est riche et complexe : saints vénérés, prêtres respectés, magiciens craints… les textes présentés ici donnent un panorama de ces images façonnées par les taoïstes eux-mêmes ou réinventées par la culture populaire.

Les immortels selon le *Zhuangzi*

La courte description des immortels que l'on trouve dans le chapitre ouvrant le Zhuangzi *est l'une des plus anciennes descriptions existantes de la figure idéale du taoïste ; s'y trouve déjà l'idée de transcendance et de détachement du monde, mais aussi le lien avec des lieux saints et des cultes (les monts Gushe, qui se trouvent dans l'actuelle province du Shanxi), et l'idée de sauver le monde.*

Sur le lointain mont Gushe habitent des immortels. Leur peau est pareille à la neige brillante. Ils sont délicats comme des vierges. Ils ne mangent pas de grains mais se nourrissent de vent et de rosée. Ils montent sur les nuages et chevauchent des dragons pour aller s'ébattre au-delà des quatre océans. Par leur méditation, ils peuvent expulser les pestilences et faire mûrir les récoltes. […] Rien ne peut les atteindre. Même un déluge qui fait monter les eaux jusqu'au Ciel n'arrivera pas à les noyer ; même un incendie qui fait fondre métaux et pierres et brûle les plaines et les montagnes ne leur donnera pas chaud.

« Liberté naturelle », *Zhuangzi*,
traduction d'après Kristofer Schipper,
La Religion de la Chine,
Paris, Fayard, 2008

Wangzi Qiao

Parmi les témoignages les plus anciens sur les immortels et leurs cultes figurent des inscriptions sur pierre ; celle traduite ci-dessous a été gravée et érigée au IIe siècle de notre ère.

Le seigneur Wang jouit d'une vertu divine,
Il préserve sa lumière
Et conserve sa pureté.
Il résonne avec le grand Dao
Et aspire à l'immortalité.
Il flotte sur le vent grossissant,
Abandonne les usages de ce monde
Et s'envole dans un corps subtil.
Il voyage sur les nuages de l'empyrée
Et flotte dans la grande pureté.
Il chevauche le dragon sans corne
Ou s'assied dans un char à des grues attelé.
Il porte un chapeau de bambou multicolore
Et agite une clochette d'or.
Il brandit un étendard de plume
Et saisit la bannière aux couleurs d'arc-en-ciel,
Son plaisir est sans borne,
Car sa vie durera des millions d'années.
Empreint de piété filiale,
Il songe à ceux qui lui donnèrent la vie,
Et, comme l'année touche à sa fin,

Veut leur exprimer sa fidélité.
Il reste près de leur tombe
Et laisse échapper sa plainte.
Les traces d'oiseau derrière lui
Alertent la ville ancienne ;
Revêtu d'un habit rouge,
Garni de rubans pourpres,
Il appelle l'enfant
Pour lui révéler son nom.
Alors soudain les gens comprennent
Et éprouvent autant de crainte que de surprise.
Ils font réparer le temple,
Remplacent les tables et les nattes ;
Des mets délicats sont offerts,
Ainsi que de l'encens au doux parfum.
Tandis qu'ils lui prodiguent un soin constant,
Les offrandes odorantes
Propagent au loin la bonne fortune
Qui parvient à l'empereur et sa cour,
Protège notre pays,
Secourt le petit peuple,
Et ses bienfaits resplendissent
D'un éclat illimité.

Marianne Bujard,
« Le culte de Wangzi Qiao
ou la longue carrière d'un immortel »,
Études chinoises, vol. XIX, nº 1-2,
printemps-automne 2000

Vie de Wei Boyang

L'hagiographie taoïste se forme dès le Ier siècle avant notre ère et ne cesse de s'enrichir par la suite, proposant des vies de saints qui sont à la fois édifiantes et donnant des renseignements sur le culte de ces saints. Ici, le célèbre Ge Hong (IIIe siècle de notre ère) relate la carrière d'un grand alchimiste.

Wei Boyang était un homme du pays de Wu. Il était issu d'une famille éminente, mais sa nature le portait à étudier les arts taoïstes. Il finit par se retirer en montagne avec trois disciples, afin d'élaborer l'élixir divin. L'élixir achevé, et sachant que ses disciples n'avaient pas évacué tous les soucis de leur esprit, il les testa en disant : « Cet élixir est achevé, mais il convient d'abord de le faire goûter au chien. Si le chien peut s'élever au ciel, nous pourrons consommer nous-mêmes l'élixir. Mais si le chien meurt, nous saurons que l'élixir n'est pas comestible. » Il le donna à manger au chien, qui mourut. Boyang dit aux disciples : « En préparant l'élixir, nous n'avions pas d'autre crainte que d'échouer à le terminer. Mais maintenant qu'il est prêt, voilà que le chien en prend et meurt. Manifestement, la procédure n'était pas conforme à la volonté des dieux. Si nous en prenons, il est à craindre que nous ne terminions comme le chien. Comment faire ? » Un disciple dit : « Maître, ne faudrait-il pas que vous en preniez vous-même ? » Boyang répondit : « J'ai tourné le dos au monde, et abandonné ma famille pour vivre en montagne. Si je reviens sans avoir obtenu le Dao, je serai couvert de honte. Autant mourir et renaître : je vais effectivement le prendre. » Il consomma l'élixir et, sitôt qu'il l'eut placé dans sa bouche, tomba mort. Les disciples se regardèrent les uns les autres et finirent par dire : « Nous avons préparé l'élixir dans le but d'obtenir la longue vie. Si on meurt dès qu'on en prend, à quoi bon ? »
Seul le disciple qui s'était déjà exprimé précédemment dit : « Notre maître n'est pas un homme ordinaire. S'il en a mangé puis en est mort, cela ne peut être sans raison. » Aussi en prit-il et l'avala.
Et il mourut lui aussi. Les deux disciples restants se dirent : « Tout l'intérêt de l'élixir est dans l'espoir de la longue vie ! S'il fait périr tous ceux qui en prennent, à quoi sert-il ? Nous ne prendrons pas de cette drogue, et comme cela, au moins,

nous jouirons des quelques décennies qui nous restent à vivre en ce monde. » Ils abandonnèrent là l'élixir, et quittèrent la montagne, se mettant en quête de bois pour préparer les cercueils de Boyang et du disciple défunt. Après leur départ, Boyang se releva, et inséra la pilule d'élixir qu'il avait lui-même pris dans la bouche du disciple et du chien blanc qui gisaient morts. Tous deux se relevèrent. Le disciple s'appelait Yu ; tous trois [Wei Boyang, Yu, et le chien] devinrent par la suite des immortels. Sur leur chemin, ils croisèrent des bûcherons qui venaient en montagne ; Boyang leur confia une lettre pour les villageois, qui l'envoyèrent aux deux disciples partis. Ces derniers sombrèrent alors dans le regret.

Shenxian zhuan (IIIe siècle),
cité dans le *Taiping guangji j.2*,
traduction Vincent Goossaert

Un alchimiste romanesque

Le grand roman chinois, qui fleurit à partir du XVe siècle, regorge de personnages de taoïstes, tantôt familiers et tantôt étrangers et inquiétants. Le grand roman religieux allégorique Xiyou ji *en est particulièrement riche, comme dans cette description :*

Sous la galerie à l'est était assis un prêtre taoïste occupé à la préparation de pilules et élixirs. Comment était-il accoutré ? Voyez plutôt : Il portait un chapeau rutilant à rebord doré, une robe noir corbeau, les pieds dans une paire de chaussures à bouts recourbés d'un vert agressif, la taille serrée d'une bande jaune flottante à la Lü Dongbin. Il avait une face de potiron de fer, des yeux brillants comme des étoiles, au milieu de la figure un nez de musulman, haut et grand, les lèvres ourlées comme celle d'un Tatar. L'esprit du Dao cache foudre et tonnerre : c'était un vrai *daoshi* ailé, dompteur de tigres et dragons.

Wu Cheng'en,
Xijou ji (*La Pérégrination vers l'Ouest*),
traduction André Lévy, Paris, Gallimard,
Bibliothèque de La Pléiade, vol. II, 1991

Le rêve du millet jaune

Tout en étant divertissant, le roman est aussi didactique, et reprend des thèmes aussi traités dans la littérature purement religieuse ; c'est le cas du célèbre rêve du millet jaune, qui débute le cycle du grand immortel Lü Dongbin, ici dans la version d'un roman pieux du XVIe siècle.

Dans la période Huichang [841-846], Lü Dongbin se présenta deux fois aux examens pour le grade de docteur et deux fois il échoua. Il avait soixante-quatre ans à l'époque. Alors qu'il retournait à Chang'an, il rencontra dans une auberge un taoïste vêtu d'une robe blanche et d'un bonnet noir, qui se prit à écrire sur les murs de l'établissement :

« Assis ou allongé, du vin à ma portée
Mes yeux ne voient pas même l'impériale cité.
Comme le ciel et la terre n'eurent jamais aucun nom,
Parmi la multitude, l'homme de bien se fond.
Tant les vrais immortels sont rares à rencontrer,
On voudrait, lorsqu'ils partent, avec eux s'en aller.
C'est dans la mer de l'Est, qu'ils prétendent habiter ;
Ce doit être Penglai, le nom de leur cité.
De songer aux tourments qui menacent l'esprit,
N'êtes-vous point lassés des plaisirs et des ris ?
Depuis les origines, il est faible en effet,

Lü Dongbin, monté sur une grue, gravure tirée de la monographie d'un temple qui lui est consacré, 1939.

Le nombre de ceux qui ont atteint la vraie paix.

Impressionné tant par l'apparence étrangement surannée de l'homme que par la spontanéité de ses poèmes, Dongbin le salua, lui demanda son nom et l'invita à s'asseoir avec lui. « Vous plairait-il d'improviser quelques vers ? lui dit le taoïste. J'aimerais assez goûter vos talents. » Dongbin prit un pinceau et il calligraphia :

« Né parmi les lettrés, en période de paix,
J'ai un habit grossier et des cordons dénoués.
Que d'autres se disputent profit et renommée,
À l'Empereur de Jade je veux me dévouer. »

Le taoïste lut le poème et dit : « Je suis maître Yunfang. Ma demeure est juchée au sommet du Pic de la Grue, dans les monts Zhongnan. Seriez-vous prêt à m'accompagner dans mes errances ? »

Dongbin répondit que non. Yunfang alla s'occuper de la bouillie de millet jaune qui cuisait pour leur souper ; Dongbin tomba alors dans un profond sommeil. Il rêva qu'il se présentait aux examens dans la capitale et qu'il était reçu premier. Il commença sa carrière comme censeur impérial et secrétaire de l'Académie Hanlin et fut promu commandant militaire, après un parcours jalonné de succès. Il prit deux épouses de noble et riche extraction ; eut des enfants qui firent tous de très beaux mariages et des petits-enfants qui devinrent tous hauts fonctionnaires. Il finit premier ministre et jouit d'une autorité souveraine dix années durant ; mais un beau jour il fut accusé d'une faute capitale ; ses biens furent confisqués, sa famille exilée aux frontières. Il se retrouva seul, sur un cheval, perdu au milieu d'une tempête de neige, dévasté par la douleur et l'amertume ; un long sanglot lui monta à la gorge, qui le réveilla en sursaut. Le dîner n'était pas encore prêt.

« En moins de temps qu'il n'en faut pour cuire le millet jaune, un songe peut nous mener en des terres fabuleuses, lui dit maître Yunfang, en souriant. » « Maître, répondit Dongbin, savez-vous quel a été mon rêve ? » « Tu as vu défiler en un instant la ronde des gloires et des déchéances de cinquante années de vie, où rien de ce que l'on acquiert ne mérite que l'on s'en réjouisse, et rien de ce que l'on perd ne vaut que l'on s'en afflige, car les plus grandes joies sont toujours suivies des plus grandes peines. »

Dongbin fut très impressionné par ces propos. Il pria Yunfang de lui enseigner le moyen de dépasser ce monde, mais Yunfang voulait d'abord le mettre à l'épreuve. « Tu n'es pas prêt à te libérer de l'existence mondaine, lui dit-il. Il te faudra plusieurs vies pour y parvenir. » Dongbin médita ses paroles, et il renonça à la carrière de lettré pour vivre dans la retraite. Yunfang lui avait déjà préparé dix épreuves.

Wu Yuantai,
Pérégrination vers l'Est,
Paris, Gallimard, 1993,
traduction Nadine Perront

Témoignage d'un médecin français

*Les observateurs occidentaux (missionnaires dès le XVIe siècle, puis plus tardivement diplomates, commerçants et scientifiques) rencontrèrent des taoïstes, mais à de rares exceptions, ne comprirent pas du tout leur rôle social et leurs pratiques. Ce passage, extrait des mémoires d'un médecin français basé à Pékin dans les années 1890, est un bon exemple d'un discours dénonciateur qui ne traite les taoïstes (*tao-che*) que par l'ironie.*

On pourrait écrire un Traité de la Prophylaxie et de la Thérapeutique, en Chine, par les talismans. Les bonzes Tao-Che se sont fait une spécialité de ces méthodes et pratiquent ce fructueux commerce en exploitant la crédulité publique. Ces talismans sont des papiers, ordinairement imprimés sur papier jaune, revêtus de cachets rouges, griffonnés de hiéroglyphes, rappelant vaguement des caractères chinois, que les sceptiques comparent à des paquets de vers ou à des dessins, faits par les pattes de canards se promenant sur du sable humide. Il y a des talismans pour tous les cas : épidémies, maladies des yeux, grossesse laborieuse, épilepsie, indigestion… Ces talismans portent un cachet au vermillon, fait avec un sceau en bois de pêcher, lequel donne authenticité et valeur. C'est le sceau de quelque divinité, avec laquelle les Tao-Che, seuls, entretiennent commerce. Et les bonzes, pour convaincre les esprits simplistes ou raffermir les fois chancelantes, tiennent le raisonnement suivant : « Voyez comme le peuple respecte les édits qui portent le cachet au vermillon du mandarin local, émanation de la puissance du Souverain. Comment voulez-vous que la maladie, à l'exemple du peuple, ne s'incline pas devant l'ordre d'une divinité qui lui enjoint de quitter votre corps ? »

Jean-Jacques Matignon,
Superstition, crime et misère en Chine,
Lyon, 1899

L'ordination d'un prêtre

Les certificats d'ordination sont des documents hautement bureaucratiques, rédigés par le maître ordonnant son disciple, et qui relatent les différents mémoires envoyés aux chancelleries célestes pour y enregistrer les titres et grades spirituels du taoïste ordonné, afin qu'il soit désormais reconnu comme tel pour pouvoir à son tour commander aux fonctionnaires célestes. Le texte suivant est le début d'un long certificat composé pour une ordination ayant eu lieu en 1981.

Le Ministère du Mystère Suprême reçoit respectueusement le décret suivant : Le Dao ordonne confère le certificat suivant à Huang X, disciple héréditaire non encore ordonné, dont le nom vous a été soumis par un mémoire, qui est au service du Dao et prolonge ainsi sa vie, et qui demeure dans le territoire d'efficacité divine [le territoire sous l'autorité religieuse du dieu du Sol local] de Xinxingshe correspondant au temple de l'Auguste Révélation, canton de X, district de X, département de Putian, préfecture de Xinghua, province de

Fujian, République populaire de Chine. Son nom rituel est Chuanhong. La loge stellaire de son destin est [d'après le moment de sa naissance] l'année *xinmao* [1951], le douzième mois, le dix-huitième jour, l'heure *xu*. Son destin fondamental dépend, au Ciel, du Boisseau du Nord [la Grande Ourse]. La résidence du seigneur stellaire Wen Qu [Un des quatre maréchaux divins qui surveillent les rituels taoïstes] éclaire ses actions en ce bas-monde. Le susmentionné Chuanhong a eu la bonne fortune de baigner dans les grâces des Mystères. Aussi, il se prosterne et demande à être autorisé à continuer les pratiques religieuses transmises par ses ancêtres. Mais il craint de ne pas avoir correctement compris le sens merveilleux du Dao, ni la façon de se perfectionner pour atteindre à la transcendance. Il désire pouvoir intégrer les rangs des immortels. Aussi, avec la grâce impériale, à la mi-automne de l'année *xinyou* (1981), le maître des transformations, équipé de son bâton rituel, se rendit à la Montagne du Tigre et du Dragon (Longhushan) à l'autel ancestral des Dix Mille Liturgies de la Résidence de l'Être Vrai, patriarche de notre religion, Descendant héréditaire du Maître céleste depuis l'époque des Han. Là, il a reçu le registre et les écritures saintes [correspondant au rang] de Libateur du bureau de la Capitale du Trois et du Cinq du Très-Haut [Laozi], et le rang héréditaire d'officier rituel des registres et écritures de l'alliance avec les Puissances [du Dao] de l'Un et Orthodoxe. Il a offert le gage d'un rouleau de soie et d'un anneau d'or. Les divinités [nommées dans le registre reçu] seront toujours là pour l'entourer et protéger sa vie. [...]

Kenneth Dean,
Taoist Ritual and Popular Cults of South-East China,
Princeton University Press, 1993

Une nonne taoïste

Depuis de nombreux siècles, on compte environ un tiers de femmes parmi les taoïstes vivant dans les temples. Une partie importante d'entre elles, outre la gestion des temples et les services rendus aux fidèles, se livre à l'alchimie féminine. Catherine Despeux, qui a étudié en détail cette tradition, relate sa rencontre avec une nonne au début des années 1980.

Cette femme, Zheng Zhiqing, était originaire de Lanzhou dans le nord-ouest de la Chine. Elle était devenue taoïste à l'âge de quinze ans, peu après la mort de ses parents ; il ne restait que son frère aîné pour s'occuper d'elle, lequel fumait de l'opium et la considérait comme une charge ; elle était maltraitée par ce frère qui la nourrissait à peine. Elle entra donc dans un temple taoïste de Lanzhou dédié à la déesse Mazu, centre dans lequel on pratiquait les arts martiaux ; il y avait déjà dans ce temple trois autres femmes plus âgées qu'elle. Elle y servit pendant une vingtaine d'années, accueillant les invités et leur servant du thé. C'est en 1954 qu'elle déménagea au Huashan, sur l'incitation d'une comparse originaire de Lanzhou, qui y était déjà établie. Nous ne savons pas quand elle a reçu sa première ordination ; mais le caractère *zhi* de son prénom indique qu'elle appartient à la vingt et unième génération du lignage Longmen. Elle suivit l'enseignement de cette école, effectuant régulièrement le service liturgique et pratiquant l'assise en silence : à l'âge de vingt-trois ans, elle avait « décapité le dragon rouge » (arrêt des règles) et ne recouvra plus son cycle menstruel par la suite ; selon ses propres dires, elle en était restée là et n'avait guère progressé dans la voie alchimique.

Catherine Despeux, *Immortelles de la Chine ancienne*, Puiseaux, Pardès, 1984

Hymnes taoïstes

Le taoïsme s'est exprimé dans tous les genres littéraires, mais a toujours accordé une grande importance aux formes poétiques, des formes les plus libres et lyriques à d'autres utilisées dans la liturgie, pour être psalmodiées ou chantées.

Le Dao

Parmi les textes taoïstes les plus anciens figurent les hymnes du Daodejing, *dont celui-ci, qui chante le Dao.*

Il y avait une chose chaotique et [pourtant] accomplie,
Qui existait avant que ne furent le Ciel et la Terre. Silencieuse ! Vaste !
Elle se tenait seule, sans jamais [elle-même] changer,
En un mouvement cyclique sans faille.
On peut penser à elle comme étant la mère de tout ce qui est sous le Ciel.
Son vrai nom, je ne le connais pas ; on lui donne le nom poétique de « la Voie ».
[...]
La Voie est régie par « ce qui est ainsi de par soi-même ».

Daodejing, chapitre XXV,
La Religion de la Chine,
traduction Kristofer Schipper,
Paris, Fayard, 2008

Le Dao selon le *Zhuangzi*

Le Dao
Il est perceptible, il est avéré, mais il n'agit pas et il n'a pas de forme.
Il peut être transmis, mais il ne peut pas être enseigné ;
Il peut être obtenu, tout en restant invisible.
Il est fondé et enraciné en lui-même ;
Avant qu'il n'y ait eu ciel et terre, depuis les temps anciens sûrement il existe.
Esprits terriens, esprits célestes, c'est lui qui les rend divins.
Il a fait naître et le ciel et la terre.
Devançant le faîte suprême, il n'est pourtant point « haut ».
En dessous les Six Pôles, il n'est pourtant point « profond ».
Né avant l'univers, il n'est pourtant point « long ».
Plus ancien que la plus haute Antiquité, il n'est pourtant point « vieux ».

« L'école du premier principe »,
Zhuangzi, chapitre VI,
ibidem

Le Canon de la Pure Tranquillité

Le Qingjing jing, *le « Canon de la Pure Tranquillité », est un court texte révélé, de date incertaine, probablement aux environs du VII*[e] *ou VIII*[e] *siècle de notre ère. Sa prose lyrique, qui décrit le Dao, reste dans l'inspiration du* Daodejing *et du* Zhuangzi *tout y ajoutant une nette influence de l'ontologie bouddhique, mais contrairement à eux, c'est un texte liturgique : il est chanté tous les matins pour l'office quotidien par les prêtres taoïstes vivant dans un temple. Il fait donc partie des premiers textes appris par cœur par les novices. Ce type de texte constitue un lien crucial entre la grande tradition philosophique et la pratique quotidienne. De surcroît, le* Qingjing jing *a fait l'objet de nombreux commentaires dans le cadre de l'alchimie intérieure, qui y voit une théorie de la culture de soi. La traduction qui suit correspond à environ la première moitié du texte.*

Taishang Laojun a dit : « La grande voie, sans forme, donne naissance et fait croître le Ciel et la Terre.
La grande voie, sans sentiment, fait mouvoir le soleil et les étoiles.
La grande voie, sans nom, nourrit les êtres vivants.
Je ne connais pas son nom, aussi je lui affuble le nom de Voie [Dao].
La Voie est ainsi : pure ou trouble, mouvante ou tranquille.
Le Ciel est pur, la Terre est trouble. Le Ciel bouge, la Terre est tranquille.
L'homme est pur, la femme est trouble. L'homme bouge, la femme est tranquille.
Descendant depuis son origine, et s'écoulant vers sa fin, elle donne naissance aux êtres vivants.
Le pur est la source du trouble, le mobile le fondement de la tranquillité.
Si l'homme peut demeurer dans la pure tranquillité, Ciel et Terre retournent à leur origine.
L'esprit humain aime la pureté, mais son cœur est troublé.
Le cœur de l'homme aime la tranquillité, mais il est mené par les passions.
Si tu peux durablement dissiper tes passions, ton cœur de lui-même se calmera.
Apaise ton cœur et ton esprit de lui-même se purifiera.
Les six passions cesseront spontanément d'apparaître, et les trois poisons seront détruits.
Celui qui ne peut atteindre cela, son cœur n'est pas apaisé, et ses passions ne sont pas dissipées.
Mais, celui qui a dissipé ses passions, observe à l'intérieur son propre cœur, et fait son cœur de tous les autres cœurs.
Il observe à l'extérieur son propre corps, et fait son corps de tous les autres corps.
Il observe de loin les choses, et fait sa chose de toutes les autres choses.
Quand tu auras été au terme de ces trois observations, tu ne verras plus que la vacuité.
Observe alors la vacuité comme vide, et fais le vide dans tout ce qui n'est pas vide.
Alors, quand même la vacuité n'est rien, il n'est plus rien qui n'existe pas.
Quand il n'est plus rien qui n'existe pas, tout est entièrement et éternellement en paix.
Si tu apaises tout ce qui n'est pas en paix, comment les passions pourraient-elles encore apparaître ?
Si les passions n'apparaissent plus, tu as atteint la vraie tranquillité.

Traduction Vincent Goossaert

Invitation des divinités

Lors de tout rituel, l'officiant taoïste commence par inviter les divinités à descendre dans l'autel; les textes poétiques de ces invitations évoquent l'histoire et l'apparence de ces divinités. L'exemple suivant (qui concerne la grande déesse Mazu, extrêmement populaire dans tout le sud-est de la Chine) n'est qu'un court extrait de ces longues invitations chantées.

Respectueusement j'invite la Sainte Mère Lin
Reine du Ciel, qui sauve le peuple.
À l'aube, au chant du coq,
Elle fait sa toilette, devant un miroir,
Peignant ses cheveux, elle noue son chignon

Dans lequel elle pique douze épingles…
La Reine céleste randonne sur les mers
Elle brave les vents et les orages
De toutes ses forces elle vient porter secours
Puis elle rentre à Meizhou, à son temple,
Où chaque jour hommes et femmes lui rendent hommage.
La Sainte Mère est apparue là, à Meizhou,
Son jour d'anniversaire est le 23 du Trois.
Mais tous, ici présents, l'invitent d'un cœur sincère,
Sainte Mère céleste, descendez !
Obéissez à mon ordre, au nom de la Loi !

Kristofer Schipper,
Le Corps taoïste,
Paris, Fayard, 1982

Poème des cinq veilles

L'enseignement des maîtres taoïstes utilise très fréquemment une forme poétique, notamment dans le cas de l'alchimie intérieure, qui combine des instructions techniques avec un ensemble très riche de visions. Le genre des « poèmes des cinq veilles » (les veilles de la nuit, marquées par la garde qui bat le tambour), dont nous avons ici un exemple par l'un des patriarches de l'ordre Quanzhen, décrit les visions d'une nuit passée à méditer sur son corps et sur le cours du cosmos.

Au premier coup du tambour, je « dors » seul et me retiens.
D'un nuage, je laboure mon précieux terreau
Et je plante dru les pousses du champignon pourpre.
Dès lors, mon paradis intérieur ne souffre plus de fuite,
Plus de perte, plus d'écoulement.
Le tigre-*kan* et le dragon-*li* s'embrassent.

Au deuxième coup du tambour, je « dors » seul et me retiens.
Les nuages se déchirent sur un ciel constellé,
Où soleil et lune échangent leur éclat.
Dès lors, mon précieux vase ne souffre plus de fuite,
Plus de perte, plus d'écoulement.
Dragon et serpent sortant de terre engagent le combat.

Au troisième coup du tambour, je « dors » seul et me retiens.
Je frappe à coups redoublés à la porte du mystère
Et réveille à grands cris celui qui s'y trouve enfermé.
Dès lors, le verrou de jade ne souffre plus de fuite,
Plus de perte, plus d'écoulement.
La demoiselle et l'enfançon se prennent par la main.

Au quatrième coup du tambour, je « dors » seul et me retiens.
Par d'infinies précautions je repousse les voleurs,
Et ma sagesse vigilante met les démons en déroute.
Dès lors, ma moelle d'or ne souffre plus de fuite,
Plus de perte, plus d'écoulement.
Une goutte de lumière toute-puissante se forme.

Au cinquième coup du tambour, je « dors » seul et me retiens.
Dans une parfaite sérénité la présence surgit au cœur de l'absence ;
Je participe au monde en restant dans l'immuable.
Dès lors, mon cinabre divin ne souffre plus de fuite,

Plus de perte, plus d'écoulement.
Apparaît dans sa splendeur mon embryon d'immortel.

Ma Danyang (1123-1184),
traduction Vincent Goossaert

Versets de l'éveil à la vérité

Le Wuzhen pian, *« Versets de l'éveil à la vérité », est un texte poétique du XIe siècle, attribué au grand alchimiste Zhang Boduan, mal connu historiquement. Il s'agit de l'un des textes les plus étudiés et commentés de la tradition de l'alchimie intérieure, qui reste très influent aujourd'hui. Les versets 5 à 7 donnent une bonne idée du style de cet ouvrage, mêlant lyrisme et descriptions très techniques, avec un vocabulaire issu tant de l'alchimie que de la cosmologie, des processus physiques transformant le corps ordinaire en un corps transcendant.*

Le Tigre bondit, le Dragon s'élance, vents et flots violents.
Au centre exact, la perle brillante est engendrée.
Le fruit sur la branche, mûr en son temps accompli,
L'enfant dans le sein maternel, n'est-ce pas la même chose ?
Partis de leurs sources méridionale et septentrionale, tournoient les hexagrammes symboliques.
Du matin au soir, le régime de feu s'accorde à l'axe céleste.
Qui sait qu'on peut vivre caché dans la grande ville,
Cesse de cultiver la quiétude solitaire au fond des monts.

Tous les hommes possèdent naturellement la drogue d'immortalité ;
Seul l'égarement de leurs esprits les pousse à la rejeter.
Lorsque tombe la rosée douce, le Ciel et la Terre s'unissent,
Où naît le germe jaune [les hexagrammes], Kan et Li se croisent.
La grenouille du puits nie l'existence des antres des dragons ;
La caille des haires, comment connaîtrait-elle le nid du phénix ?
Le cinabre une fois mûr, spontanément la chambre s'emplit d'or,
Pourquoi donc chercher des herbes et brûler du chanvre ?

Il faut savoir faire croître la drogue et connaître la source du fleuve ;
Le Sud-Ouest est son lieu d'origine.
Lorsque le plomb rencontre le Nord, il faut promptement le cueillir ;
Passée la pleine lune, l'or n'a pas de saveur.
Qu'on le conduise dans la marmite de Terre et la scelle,
Puis qu'on introduise la perle liquide en proportions égales :
Pour une livre de drogue, il faut diviser en deux fois huit onces.
Harmoniser le régime du Feu en se fondant sur le rythme du Yin et du Yang.

Isabelle Robinet,
Introduction à l'alchimie intérieure taoïste.
De l'unité et de la multiplicité,
Paris, Cerf, 1995

Zhuangzi et le squelette

Cette anecdote, parmi les plus célèbres du Zhuangzi, *est une méditation sur la mort, mettant en scène un crâne.*

Lorsque Zhuangzi se rendit au pays de Chu, il y vit un crâne décharné mais intact. Il le frappa du bout de sa cravache et l'interrogea ainsi : « Est-ce parce que tu as trop aimé la vie et négligé ainsi la loi de la nature que tu es parvenu à cet état ? Est-ce parce qu'on a ruiné ton pays et qu'on t'a retranché par la hache ? Est-ce parce que tu as commis des actes infâmes et que tu es mort de honte, de peur de laisser une mauvaise réputation à ton frère, à ta mère, à ta femme et à tes enfants ? Est-ce parce que tu as subi la misère du froid et de la faim, ou encore parce que tu avais atteint l'âge où l'on meurt naturellement ? »

Après avoir terminé son interrogatoire, Zhuangzi tira le crâne près de lui, s'en fit un oreiller et s'endormit. À minuit, le crâne lui apparut en songe et lui dit : « Vous m'avez parlé comme un sophiste ; vos paroles ne concernent que les peines de l'homme vivant ; ces peines n'existent plus pour l'homme mort. Voulez-vous que je vous dise les plaisirs de la mort ?

– Volontiers, dit Zhuangzi.

– Après la mort, dit le crâne, on n'a plus de prince au-dessus de soi, ni de subordonnés en dessous ; on n'a plus les travaux des quatre saisons ; tout à son aise, on a le même âge que le Ciel et la Terre ; la joie même d'un roi ne saurait surpasser celle de la mort. »

Zhuangzi ne voulant pas le croire, lui dit : « Si j'obtenais du gouverneur du Destin que ton corps avec ses os, ses tendons, sa chair, sa peau, te soit rendu et que tu puisses retrouver ton père, ta mère, ta femme, tes enfants, ton village et tes connaissances, le désirerais-tu ? »

Fronçant les sourcils et retroussant le nez, le crâne répliqua : « Comment pourrais-je renoncer à ma joie royale pour rentrer dans les misères humaines ? »

« Joie suprême »,
Zhuangzi, chapitre XVIII,
traduction Liou Kia-hway,
Paris, Gallimard, 1969

Le chant du squelette (mystique)

Dans la poésie mystique des maîtres de l'ordre Quanzhen, un ordre taoïste ascétique fondé à la fin du XIIe siècle de notre ère, l'accent est mis sur la nécessité de rejeter les plaisirs de ce monde pour atteindre la transcendance via les techniques d'immortalité. Le thème de la fragilité de l'existence humaine est souvent illustré par le recours au squelette, dessiné ou mis en scène pour enjoindre les adeptes à s'engager dans l'ascèse, comme le montre le poème à chanter suivant, composé par Ma Danyang (1123-1184). Ce type de poésie lyrique taoïste eut une influence considérable sur le théâtre et les ballades chantées populaires.

Appuyé sur ma canne, je me promenais
Et errais sans but dans les champs
Quand au bord de la route je vis soudain un squelette.
Ses orbites étaient remplies de boue
Et de la bouche sortaient des mauvaises herbes.
Quelle tristesse ! Je me résous à peine à relater cette rencontre
Comment pouvait-il à nouveau, comme cela,
S'exhiber à la vue de tous ?
Jadis, sans aucun doute,
Alors qu'on lui enjoignait de s'engager dans la Voie
Il refusa de changer son mode de vie.
Il aurait eu honte de devenir un (religieux) mendiant
Mais maintenant, il montre ses os blanchis sans aucune vergogne !
S'il avait pu réaliser que les humains vivent dans une maison en feu
Et qu'à leur mort ils sombrent dans les fosses obscures
Il aurait alors nettoyé la cendre de ses émotions

Quitté sa famille,
Et ainsi libéré de ses attachements,
pratiqué l'ascétisme !
Ô splendeur des lumières des (terres) saintes !
Marchant d'un pas assuré sur des nuages auspicieux
Je me dirige tout droit vers les îles des immortels.

Adapté de la traduction anglaise de Wilt Idema, « Skulls and Skeletons in Art and on Stage », *Conflict and Accomodation in Early Modern East Asia*, Leiden, Brill, 1993

Le chant du squelette (rituel)

Lors des rituels pour le salut des défunts, le prêtre chante très souvent un chant du squelette, tant pour le bénéfice des défunts que des vivants qui assistent au rituel. Le chant traduit ci-dessous vient de la tradition Lingbao du sud de Taiwan ; on en trouve des équivalents dans de nombreuses autres régions de Chine. Les trois textes autour du thème du squelette rassemblés ici montrent l'unité profonde entre les textes classiques, la mystique et le rituel taoïste.

Le vénérable céleste, joyeux, flâne –

Hier me promenant dans la banlieue sauvage – je vis soudain un grand squelette – sur un tertre d'herbes au milieu d'un buisson d'épines – sous la brise froide ployaient les feuilles de lotus, l'automne passait –

Ô squelette, sque-squelette – tu gis couché au bord de l'eau, purifié par le frais – l'herbe verte pour matelas, la lune pour lampe de chevet – pauvre compagnon seul dans la froide clarté –

Ô squelette, sque-squelette – tu règnes sur le seul bord des routes – de quelle maison viens-tu, de quoi es-tu mort ? – battu par la pluie, giflé par le vent, transi par la neige – les entrailles tordues de douleur –

Ô squelette, sque-squelette – je te regarde mais toi, tu as perdu les yeux – hélas, la vie n'est-elle que cela ? – le soleil passe comme une flèche, la lune comme la navette – cent ans filent comme l'instant – ne le laissons pas s'échapper, le plus vite possible libérons-nous de cette mer de souffrance –

Cette nuit le chef du sacrifice a préparé une assemblée dans le monde des morts – dans le brûle-parfum d'or brûlent les cierges, l'encens précieux –

Tous les prélats sont convoqués sur l'aire sacrée – que les fléaux soient écartés, les obstacles levés, que le bonheur propice (nous) conduise au paradis (deux fois)

Hommage au tathâgatâ Bhûprarikatari

Suprême Un, le vénérable céleste qui délivre de la douleur

François Picard, *Kulou ge*, « Le chant du squelette », *Journal asiatique*, 292.1-2, 2004

Wang Zhe (1113-1170) illustrant son enseignement par une image de squelette, détail d'une peinture murale, v. 1358.

Morale et règles de vie

Contrairement à l'idée romantique répandue en Occident qui en fait un pur individualisme hédonique marqué par la spontanéité et le rejet des normes, le taoïsme est en réalité structuré par une éthique exigeante et un ensemble complexe de règles. Chaque rite, chaque initiation s'accompagne de l'observation de règles de pureté précises, tandis que les malheurs sont expliqués par les transgressions vis-à-vis des autres, des divinités, de la nature, ou de son propre corps.

Respect pour l'environnement dans les *Cent Quatre-Vingts Préceptes* de Laozi

Les Cent Quatre-Vingts Préceptes *de Laozi (*Yibaibashijie*), sans doute le plus ancien ensemble de règles taoïstes conservé, furent utilisés dans l'Église des Maîtres célestes à partir du IIe siècle de notre ère. On y trouve de nombreux thèmes, parmi lesquels ceux concernant le rapport à l'environnement naturel.*

Vous ne devez pas brûler la végétation des champs, cultivés ou non, des montagnes et des forêts.

Vous ne devez pas couper des arbres sans nécessité.

Vous ne devez pas cueillir des herbes ou des fleurs sans nécessité.

Vous ne devez pas verser des produits polluants dans les lacs, les rivières ou la mer.

Vous ne devez pas creuser de trous dans le sol sans nécessité, ce qui détruit la terre.

Vous ne devez pas assécher les zones humides.

Vous ne devez pas pêcher ou chasser, ce qui nuit aux êtres vivants.

Vous ne devez pas exhumer les mammifères ou insectes qui hibernent en hiver.

Vous ne devez pas sans nécessité grimper aux arbres pour chercher des nids et détruire les œufs.

Vous ne devez pas utiliser de cages pour piéger les oiseaux et autres animaux.

Vous ne devez pas jeter de choses sales dans les puits.

Vous ne devez pas couvrir et fermer les étangs et les puits.

Vous ne devez pas allumer de feux en plaine.

Vous ne devez pas déféquer ou uriner sur des plantes vivantes ou dans de l'eau qui pourrait être consommée.

Vous ne devez pas sans nécessité vous baigner dans les cours d'eau ou dans la mer.

Vous ne devez pas fabriquer de poisons et les conserver dans des vases.

Vous ne devez pas déranger les oiseaux et autres animaux.

Vous ne devez pas sans nécessité créer de plans d'eau.

Traduction Kristofer Schipper,
in *Daoism and Ecology*,
adaptation française Vincent Goossaert

Les règles monastiques

Les taoïstes vivant en communautés plus ou moins recluses, soumises à des règles, n'ont jamais formé qu'une minorité du clergé, mais cette minorité exprime des idéaux de vie pure et des conceptions de la discipline du corps largement partagés dans le monde taoïste. L'ordre Quanzhen est depuis le XIII*e* *siècle le principal codificateur de ces communautés ; le texte ci-dessous est extrait de la plus ancienne collection de règles de cet ordre.*

1) Règles pour guider les débutants

De façon générale, les jeunes débutants qui entrent en religion quittent leur famille pour aller s'enquérir d'un maître éclairé, après quoi ils rendent hommage [au maître choisi], deviennent moines, suivent les instructions du maître et, avec l'âge, ne manquent pas de devenir des hommes accomplis. Un maître, en recevant un disciple, demande d'abord si sa compréhension spirituelle et son accumulation de mérite moral sont profonds, puis examine si ses ascendants et sa famille sont vertueux et enfin évalue son talent ce n'est qu'ensuite qu'il peut l'enregistrer comme son disciple.

L'aspirant doit en premier lieu quitter le siècle en renonçant aux parures, pour adopter une allure d'immortel. Si on l'enseigne et on l'exhorte, il deviendra nécessairement différent. Le Très-Haut dit : « Toujours observer les normes, c'est ce qu'on appelle la vertu mystérieuse » [citation du *Daodejing*]. [...]

Un maître éclairé qui reçoit des disciples et les instruit commence par ce qui demande un effort et finit par ce qui est spontané. Les meilleurs disciples des communautés éminentes pratiquent constamment et font des progrès. Quant aux maîtres obtus qui n'ont pas de réalisation spirituelle, ils reçoivent des disciples mais eux-mêmes ignorent tout. Ils enseignent aux autres le non-agir : c'est ajouter la bêtise à la bêtise et l'ignorance à l'ignorance ! Ils vivent aux crochets du taoïsme et une fois morts, ils entrent dans le « lac froid » où ils doivent rembourser leur dette de bouche et sont assujettis pour de longs *kalpa* à la roue de la réincarnation.

Les adeptes déterminés s'attachent au service d'un maître éclairé ; ils l'honorent en permanence et suivent ses instructions. Ils s'exercent aux textes canoniques et aux classiques, ils observent scrupuleusement les règles pures et du matin au soir brûlent de l'encens et présentent des lampes pour remercier le Ciel et la Terre ; ils se prosternent devant les Saints et servent leur maître et leurs aînés. Quand ils ont accompli toutes leurs tâches, ils concentrent corps et esprit, s'assoient en méditation, le corps droit, et ne soulèvent aucune vaine pensée. La colonne vertébrale doit être dressée bien droit, [les jambes croisées], le pied droit est en dessous, les mains croisées en silence. L'esprit ne suscite aucune pensée [au sujet du monde] extérieur, les yeux sont fermés et l'on médite pendant une ou deux veilles. Cela tient lieu de service liturgique. On dort jusqu'à la cinquième veille.

Avant même l'heure du réveil, il faut absolument que tous soient déjà levés, lavés, peignés et habillés. [Les moines de] service et le reste de la communauté attendent le son de la cloche [qui donne le signal d'entrer] dans le hall principal.

Au premier son, les novices montent [sur l'estrade du] hall et s'alignent à l'intérieur. Au deuxième son de cloche, les aînés montent et s'alignent à l'extérieur. À la fin du troisième son, le supérieur monte et prend place au milieu du hall. Quand la récitation des textes canoniques est terminée, les novices sortent en premier et psalmodient tout en marchant. Quand ils sont arrivés à l'extérieur du hall, tous les rangs sortent à leur tour de la même façon. La psalmodie terminée, le supérieur prend place sur son siège, les novices s'inclinent puis saluent à voix haute et joignent les mains, enfin tout le monde s'assoit et l'on fait passer le thé. Quand les bols sont vides, la communauté se disperse. Les novices se rendent alors dans la chambre de leur maître, se prosternent, font une salutation et reçoivent les ordres ; que ce soit d'étudier les classiques ou d'aller balayer le sol, chacun reçoit une tâche.

Quand ils rencontrent un vénérable, ils doivent croiser les mains sur la poitrine, pencher le corps, saluer et se tenir à son côté. Le vénérable passé, ils peuvent revenir à leur position initiale. Quand ils rencontrent un invité, ils doivent d'abord se prosterner, puis prévenir les vénérables et préparer le thé, que l'on sert d'abord au supérieur puis à l'invité. Ils se tiennent debout les mains croisées, reprennent d'abord le bol de l'invité, puis celui du supérieur. Si l'invité se lève, ils le devancent pour ouvrir la porte et lever le rideau ; l'invité et le supérieur sortent et ils les suivent. Quand ils accompagnent leur maître dans ses sorties, il leur est interdit de s'asseoir avec lui ; ils doivent se tenir debout les mains croisées. Chaque fois qu'ils partent ou reviennent d'un déplacement, ils doivent se prosterner devant les membres de la communauté, et quand on leur donne quelque chose, ils doivent se prosterner pour remercier. Ils ne doivent pas agir à leur propre guise, ni parler dans le vide, mais ils doivent éliminer les pensées confuses et toujours se comporter avec compassion, penser au Dao et au Vrai, marcher lentement, parler à voix basse, secourir les gens en difficulté, être de bon accueil. Ainsi, ils ont l'esprit large et ouvert, ils aiment les êtres et sont accommodants, ils sont utiles à tous et accumulent les mérites. S'ils s'en tiennent à cette conduite, le dao n'est plus loin ! […]

10) Panneau des punitions du seigneur Chongyang, le maître de religion

1) Celui qui enfreint les lois civiles sera chassé.
2) Celui qui vole des biens et fait des cadeaux à ses aînés, on brûlera ses habits et son bol et il sera expulsé.
3) Celui qui discute du pour et du contre, qui met le désordre dans la salle et trouble la communauté sera fouetté et expulsé.
4) Celui qui boit de l'alcool, se livre à la débauche, manipule l'argent, se met en colère et mange de la viande, ne serait-ce qu'une fois, sera expulsé.
5) Celui qui fera preuve de fourberie, paresse, jalousie ou tromperie sera expulsé.
6) Celui qui est sans-gêne, orgueilleux ou indiscipliné sera mis à l'amende d'un repas.
7) Celui qui parle fort et travaille de façon violente sera mis à l'amende de l'encens.
8) Celui qui raconte des histoires étranges ou plaisantes et qui sort de l'ermitage sans raison sera mis à l'amende de l'huile.
9) Celui qui ne se concentre pas sur son travail, qui le fait mal ou paresseusement sera mis à l'amende du thé.

10) Celui qui aura commis une légère infraction sera puni d'une prosternation.

Quanzhen qinggui (fin du XIIIe siècle), traduction Vincent Goossaert

Règles pour les femmes

Dans les textes relatifs à l'ordination du clergé taoïste, l'essentiel des règles et des procédures ne différencie pas hommes et femmes, mais on trouve quelques règles supplémentaires pour ces dernières. Le premier texte concerne l'ordination des nonnes telle qu'elle est pratiquée depuis le XVIIe siècle, et le second est un ensemble de règles accompagnant un manuel d'alchimie féminine du XIXe siècle.

Neuf préceptes pour les femmes pour l'ordination dans l'ordre Quanzhen (Chuzhenjie)

– 1. Avoir de la piété filiale, du respect, être douce, mesurée dans ses propos, dénuée de jalousie.
– 2. Être vertueuse, pure et sans souillure.
– 3. Attacher du prix à la vie de tous les êtres, être remplie de compassion et ne pas tuer.
– 4. Réciter attentivement les textes liturgiques, conformément au rituel. Ne pas manger de viande.
– 5. Ne pas se maquiller. Porter des vêtements et des objets sobres.
– 6. Harmoniser sa nature et ses sentiments. Être dénuée de passions.
– 7. Ne pas participer à plusieurs reprises à des réunions végétariennes.
– 8. Ne pas avoir d'esclaves ou de servantes.
– 9. Ne pas dérober ce qui appartient à autrui.

Catherine Despeux, *Immortelles de la Chine ancienne*, Puiseaux, Pardès, 1984

Six préceptes pour les femmes

– 1. S'occuper avec piété filiale de sa grand-mère paternelle, ou à défaut de ses proches parents.
– 2. Faire preuve de droiture, de rectitude, s'habiller simplement.
– 3. Ne pas être jalouse, surveiller ses propos, ne pas critiquer autrui ou l'enseignement du maître, de peur de s'attirer des malheurs.
– 4. Montrer de la constance dans la pratique. Choisir pour l'assise en silence un endroit propre, à l'abri du bruit, de l'humidité et loin des ordures.
– 5. Respecter le maître et la voie, demander sans orgueil un enseignement chaque fois que l'on rencontre un maître éclairé.
– 6. Garder une volonté ferme et l'esprit concentré toute sa vie et même pendant plusieurs vies, jusqu'à la réussite.

Catherine Despeux, *Immortelles de la Chine ancienne*, Puiseaux, Pardès, 1984

Le *Taishang Ganyingpian*

Le Traité sur la rétribution automatique par le Très-Haut (Laozi) *est un texte révélé vers le XIIe siècle, qui est devenu le plus révéré des textes de morale dans la société chinoise. Le passage ci-dessous en constitue le début.*

Le Très-Haut (Laozi) dit : « Les malheurs et les bénédictions (accordés par les dieux) ne viennent pas d'eux-mêmes, c'est chaque homme qui les provoque par ses (actions) ; la rétribution des bonnes et mauvaises actions survient aussi sûrement que l'ombre suit le corps. » Aussi, dans tout l'univers, il existe des divinités en charge de surveiller les mauvaises actions des humains, et qui déduisent des années de vie de leur destin à chaque mauvaise action, en fonction de sa gravité. Quand le destin a été ainsi diminué, le pécheur s'appauvrit, rencontre toutes sortes de malheurs et attire le dégoût d'autrui ; les calamités le poursuivent, les grâces divines le fuient, les étoiles néfastes le détruisent, jusqu'à ce que, son destin épuisé, il meure. Par ailleurs, logés dans le corps de chacun, les esprits des Trois Vers montent chaque jour *gengshen* du cycle [tous les 60 jours] faire leur rapport aux émissaires divins et dénoncer les péchés de l'humain qu'ils habitent. Chaque dernier jour du mois lunaire, le dieu du foyer fait de même. Quand un homme commet un péché, s'il est majeur, on lui retire un cycle (de douze ans) de vie ; s'il est mineur, on lui retire une année. [Ceci est calculé suivant un barème] qui compte plusieurs centaines de péchés différents, chacun ayant son prix. Celui qui veut vivre longtemps devra tous les éviter. Qui se conforme au Dao avance vers la longue vie ; celui qui agit de façon contraire au Dao prend le chemin inverse. Ne fréquentez pas les chemins de la perversion, ne dupez pas autrui en secret ! Accumulez les bonnes actions et les mérites ; soyez généreux avec tous les êtres vivants !

Taishang Ganyingpian,
traduction Vincent Goossaert

L'interdit de la viande de bœuf

Les règles de morale taoïste se trouvent dans des codes mais aussi, pour les laïcs, dans des textes révélés par les divinités et distribués au sein de la population. Le texte suivant, révélé vers 1300, enjoint les fidèles de ne pas manger de viande bovine, animal éminemment pur, ce qui est resté jusqu'à aujourd'hui une règle de pureté observée par un grand nombre de taoïstes.

Instructions sur l'interdit du bœuf et du chien par Xuantian shangdi.

L'Empereur sombre a dit : les bovins sont, pour l'Empereur céleste, l'essence du Guerrier sombre (Xuanwu), et, sur cette terre, sont l'offrande du Grand sacrifice. On n'oserait le sacrifier sauf pour le sacrifice au Ciel, et seule la divinité céleste oserait l'accepter. Sa forme correspond dans le Ciel à la disposition des étoiles ; sa force, ici-bas, permet de faire fructifier la terre.
Il a du mérite envers l'humanité, et ne cause aucun tort au peuple. Le pays a des lois immuables contre ceux qui le tuent, et dans l'autre monde des punitions catastrophiques attendent ceux qui le mangent. Le caractère *lao* [« sacrifice » mais aussi « prison »] est dérivé du caractère *niu*, « bovin » ; le caractère *yu*, « geôle », est dérivé du caractère *quan*, « chien ». Ceux qui ne mangent ni bœuf ni chien éviteront à tout jamais la prison [...]. Ceux qui en mangent pendant trois jours verront les démons venir saisir leurs âmes ; ceux qui respecteront l'interdit pendant trois ans verront leurs noms inscrits dans les registres du Ciel de la Pureté de Jade. Les bovins ne mangent que des plantes, quel tort commettent-ils envers les humains ? Les hommes peuvent manger tous les êtres, mais doivent respecter l'interdit du bœuf et du chien.

Xuanwu jinke yulu, vers 1300,
traduction *in* Vincent Goossaert,
L'Interdit du bœuf en Chine. Agriculture, éthique et sacrifice,
Paris, Collège de France,
Institut des hautes
études chinoises, 2005

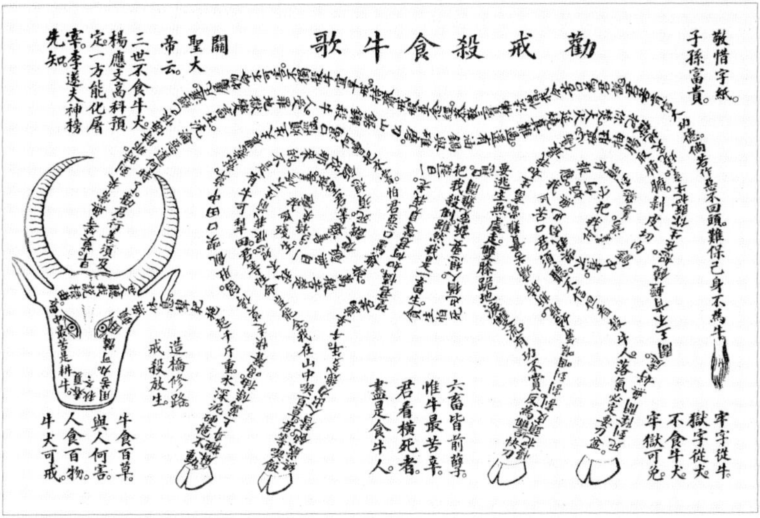

Tract illustré de la fin du XIXe siècle pour inciter les gens à ne plus manger de viande bovine, reproduit d'après Henri Doré, *Recherches sur les superstitions en Chine*, Shanghai, 1911-1928.

Expulsion des démons

Il peut paraître surprenant de classer les textes exorcistes parmi les codes de morale ; pourtant, l'exorcisme taoïste, s'il est hautement martial (le prêtre commande à ses soldats divins, et mène bataille contre les démons) et souvent spectaculaire, obéit aussi à des règles qui s'imposent à tous et toutes, vivants et morts. C'est sous une forme judiciaire, après avoir interrogé l'esprit coupable, l'avoir fait confesser ses fautes et l'avoir condamné, que le prêtre peut légitimement se débarrasser des esprits fauteurs de trouble ; dans certains cas, si ces derniers ont des griefs valables, il peut aussi leur faire obtenir une juste compensation (les bénéficiaires du rituel exorciste faisant alors célébrer un rituel au bénéfice de l'esprit). Le texte ci-dessous, issu d'un rituel exorciste utilisant un substitut, illustre le caractère légal de la procédure.

Au nom des patriarches et de mes maîtres, que le transfert soit fait sur ce corps de remplacement afin que celui-ci écarte les péchés de l'homme d'ici-bas nommé Untel, et pour qu'il vive jusqu'à cent deux ans sans que les mauvaises étoiles et les influences pernicieuses osent le visiter. Un, deux, trois : mauvaises étoiles et influences pernicieuses du printemps s'enfuient pêle-mêle. Quatre, cinq, six : celles de l'été battent en retraite. Sept, huit, neuf : celles de l'automne partent pour toujours. Dix, onze, douze : celles de l'hiver évacuent les lieux. Trois devant et quatre derrière : les esprits de la terre sont expulsés. Mille calamités, dix mille crises sont définitivement expulsées. Obéissez à cet ordre urgent des soldats divins !

Kristofer Schipper,
La Religion de la Chine,
Paris, Fayard, 2008

Le taoïsme et la politique

Le taoïsme a toujours eu un projet de société et un projet politique, même si celui-ci, sauf exception, s'est toujours aligné sur celui du régime en place, tendant à le compléter plutôt qu'à le supplanter ou le concurrencer. L'idéal taoïste est une fédération de sociétés locales largement autonomes, organisées autour de leurs saints, qui communiquent dans un cadre commun – celui de la cosmologie et du rituel. Si de nombreuses dynasties impériales ont utilisé le taoïsme pour se légitimer et repris, dans une certaine mesure, son projet social et politique, la cohabitation est beaucoup plus difficile depuis l'avènement de la République en 1912.

Le gouvernement taoïste selon Laozi

C'est ainsi que, lorsque le saint gouverne,
Il vide les cœurs et remplit les ventres;
Il affaiblit les volontés et affermit les os;
Il fait en sorte que le peuple ne sache
rien et ne désire rien.
Et s'il obtient que ceux qui savent
n'osent jamais intervenir,
Alors tout sera en ordre.

Daodejing, chapitre III,
La Religion de la Chine,
traduction Kristofer Schipper,
Paris, Fayard, 2008

Lettre de l'empereur Song Huizong à Liu Hunkang à propos des temples du Maoshan

La correspondance de Song Huizong (1082-1135) avec Liu Hunkang (1036-1108) est unique. Elle compte quarante-deux lettres de l'empereur et des textes officiels (décrets, éloges) datés entre 1102 et 1108. Fin 1102, Liu quitte la capitale pour rentrer aux Maoshan, montagnes sacrées proches de Nankin où naquit le culte des trois frères Mao et où se développa le taoïsme Shangqing. Il en est le 25e patriarche. Il va superviser la construction d'un majestueux complexe de temples patronné par la dynastie. La correspondance prend fin à sa mort en 1108. Ces textes, conservés au sein du Canon taoïste, illustrent le soutien sans faille de Huizong à la construction et au décor des temples. Le jeune empereur y exprime son admiration respectueuse et son amitié envers le vieux maître, ainsi que son impatience de voir Liu venir à la cour rendre compte des travaux et lui dispenser ses leçons sur le Dao. Célèbre peintre et calligraphe, mécène de tous les arts, Huizong fut aussi un fervent taoïste. Il réalisa lui-même des peintures liturgiques et des calligraphies qu'il fit parvenir au Maoshan avec d'autres précieux cadeaux. En retour, il demanda à Liu Hunkang des rituels pour renforcer la légitimité de son règne, des conseils et des prédictions ainsi que des talismans pour assurer sa protection et celle de sa famille.

Le 22 septembre 1106

Moi [Souverain], je vois en toi l'habitant des Monts Juqu qui vit dans la vérité, nourrit la simplicité et concentre l'esprit. Avec de l'eau charmée, tu répands les mérites, apportant partout bienfaits et secours. Les grues répondent à ton invite et te servent de monture ; Tu enseignes la Voie (*Dao*) et l'harmonie se répand, le Non-Agir (*Wuwei*) se diffuse, aidant à l'avènement du gouvernement pur. Moi-même, l'empereur, qui ai reçu de toi ces subtils prodiges, à l'éveil ou endormi, je ne les oublie.

En raison de l'annonce de l'achèvement des travaux des temples, j'ai ajouté à ton titre les deux caractères « chong he » : « Harmonie parfaite », la mention en est déjà officielle. Viens à la cour me rendre visite sans plus tarder et préserve avec soin tout ce qui t'a été octroyé. Maître Da m'a fait un rapport sur la question des portes et des murs des temples qui exigent des réparations. J'ai déjà ordonné que des préposés les effectuent toute affaire cessante. J'ai ordonné que les matériaux de construction soient prélevés au plus près [du chantier], qu'ils soient diligemment réunis et que rien ne vienne retarder le mouvement. Ainsi, Maître, s'il te manque quelque chose encore, fais-le savoir sans rien celer.

Des talismans contre le rhume ; des talismans à porter sur soi, pour pacifier le cœur et pour calmer les frayeurs, j'en voudrais plusieurs dizaines. Ce sera un bonheur de les recevoir.

Maoshan zhi, compilé avant 1328,
traduction Caroline Gyss

Un procès instruit par le Maître céleste

Dans la littérature anecdotique jusque vers 1900, le personnage très prestigieux du Maître céleste intervient très souvent pour exorciser les démons ou rendre la justice. Dans cette histoire, narrée par l'un des lettrés les plus réputés de son temps, il intervient, via le réseau bureaucratique des temples de la Ville tenus en chaque lieu par des taoïstes, pour résoudre des procès mêlant des vivants et des morts. On y voit l'étroite imbrication entre l'administration civile de l'empire et celle religieuse des taoïstes, jusqu'à la fin de l'empire en 1911.

Feng Zecheng, le frère cadet de [mon disciple] Feng Mengxiang se trouvait en 1872 dans la ville de Cixi [non loin de Ningbo, province du Zhejiang] à étudier. Un beau jour arriva au temple du dieu de la Ville un émissaire envoyé par la Cour du Maître Céleste au Jiangxi, et Feng alla le voir. De fait, il vit que cet émissaire portait sur son dos, emballé dans du tissu jaune, un document qu'il sortit pour le brûler devant le dieu, puis il ferma le temple pour trois jours en scellant les portes avec un papier portant la marque de la Cour du Maître Céleste. [...] Quelques jours plus tard, un employé de l'administration (du magistrat) expliqua qu'il s'agissait d'une affaire trouvant son origine dans un district de Mandchourie. Dans ce district, un couple voyageait quand la femme, prise d'un pressant besoin, se soulagea au bord de la route. La nuit suivante, le couple dormait quand on frappa à la porte. L'homme alla ouvrir et ne revint pas. Son épouse se leva pour aller chercher son mari, et le trouva gisant éventré. Les personnes découvrant l'affaire pensèrent que la femme était coupable du meurtre et alertèrent le magistrat, devant qui elle clama son innocence. Le magistrat l'interrogea dans le plus grand détail sur ce qu'ils avaient fait le jour du drame, et sur les lieux où ils s'étaient rendus, et la femme lui répondit tout ce qu'elle savait. Ils se rendirent sur le lieu où elle avait uriné, et le magistrat fit creuser le sol sur plus d'un mètre, jusqu'à ce qu'on trouvât un cercueil, que l'on ouvrit : le corps semblait encore vivant. Le magistrat, soupçonnant une intervention démoniaque, interrogea par écrit la Cour du Maître céleste. Cette dernière répondit : « Ce démon est l'âme d'un homme originaire du district de Cixi, province du Zhejiang, qui vivait sous la dynastie des Yuan (1271-1368) ; il voyageait pour commerce en Mandchourie où il décéda. C'est un démon féroce ; quand la femme urina au-dessus de son cercueil, il en conçut une extrême colère : ce n'est autre que lui qui alla la nuit même tuer le mari. Comme le démon est originaire de Cixi, je transmets son dossier au dieu de la Ville de Cixi pour qu'il le juge. » Et voilà pourquoi le Maître céleste envoya un émissaire à Cixi présenter deux documents, l'un à brûler dans le temple du Dieu de la Ville, en lui donnant trois jours pour régler ce procès (ce pourquoi on scella le temple pour trois jours) et l'autre pour informer le magistrat de Cixi (et c'est comme cela que l'employé des bureaux du magistrat connaissait les détails de l'affaire).

Yu Yue (1821-1906),
Youtai xianguan biji, « Anecdotes de l'ermitage taoïste de la Plate-forme de Droite », traduction Vincent Goossaert

Édit de canonisation d'un dieu local

Le Maître céleste, de même que l'empereur, donnait des titres aux divinités locales, intégrant ainsi des dieux connus seulement d'une communauté villageoise ou d'un canton dans un panthéon universel, au sommet duquel se trouve l'Empereur de Jade. La procédure de canonisation était hautement bureaucratique, culminant avec un édit de canonisation au nom de l'Empereur de Jade. Cet édit fut émis pour le Prince du Charisme puissant, dieu local d'un village près de la ville de Suzhou.

Nous recevons respectueusement un ordre impérial [émis par l'Empereur de Jade] calligraphié à l'or au nom du Ministère de la Capitale mystérieuse, disant : « Les divinités en charge des territoires qui assurent la paix dans la communauté [soumise à leur juridiction] et y dispensent aux vivants leurs bénédictions, méritent d'être promues par notre édit impérial. Ainsi, [le dieu] du temple Jinshen sis près de la digue "Yi" de la partie Ouest du 25e arrondissement du canton de Fanyu, district de Wujiang, préfecture de Suzhou, est une divinité orthodoxe en charge d'un territoire, qui protège tous ceux soumis à sa juridiction et aide tous les habitants. Il a acquis de nombreux mérites et doit donc être honoré. Aussi, nous canonisons cette divinité au rang de Prince du Charisme puissant protégeant l'empire et bienfaiteur des populations, et lui accordons gracieusement le présent édit, qui l'élève d'un rang parmi les divinités reconnues. » [...] Édit reçu pour promulgation par Zhang Yu, 59e Maître céleste, la neuvième année de l'ère Jiaqing (1804).

Huangxizhi (monographie du canton de Huangxi), 1831, traduction Vincent Goossaert

La première association taoïste nationale

Avec la séparation de l'État et des trois religions officielles (confucianisme, bouddhisme, taoïsme) et la proclamation de la République en 1912, ces religions tentèrent de se réorganiser en associations nationales pour protéger leurs intérêts, et se lancèrent dans un réformisme centralisateur et nationaliste, qui les anime encore aujourd'hui. Le texte ci-dessous est extrait du texte fondateur de la première association taoïste au printemps 1912.

L'Association taoïste demande du gouvernement […] d'être officiellement reconnue de manière à assurer le statut égal et la coopération des pouvoirs politiques et religieux. Les fonctionnaires de l'État et les leaders religieux doivent s'aider les uns les autres pour construire ensemble une nation glorieuse et parfaite, et pour que les hommes puissent répandre la vérité et accomplir les espoirs de tous nos coreligionnaires.

Proclamation et règlement de l'Association taoïste de Chine, 1912, traduction Vincent Goossaert

La situation actuelle des taoïstes au foyer

Si l'État contrôle assez efficacement les temples et le clergé régulier par le biais de l'Association taoïste de Chine populaire, il surveille beaucoup plus difficilement les taoïstes au foyer qui représentent pourtant la vaste majorité des taoïstes. Lai Chi-tim, professeur à l'Université chinoise de Hong Kong, l'un des principaux centres d'étude du taoïsme au monde, dresse un tableau de ces rapports complexes.

Sans que la plupart des spécialistes de la religion en Chine s'en soient rendu compte, les rituels taoïstes traditionnels, les cultes locaux et la culture populaire ont resurgi et sont devenus de plus en plus actifs en Chine contemporaine, en particulier dans les villages de la Chine rurale. Il existe maintenant un certain nombre de rapports sur le renouveau du taoïsme au sein des sociétés locales, mais nous en savons encore très peu sur la situation actuelle du taoïsme populaire, et, en particulier, sur la situation et les pratiques des taoïstes au foyer (*sanju daoshi*) qui vivent au sein des populations. L'Association taoïste a la responsabilité d'encadrer leurs activités, mais ses dirigeants ont admis publiquement que les taoïstes au foyer sont dans une « situation de grand désordre » et ils les critiquent volontiers pour leurs « superstitions ».

Jusqu'aux années 1990, les branches locales de l'Association taoïste n'avaient même pas de données sur le nombre de taoïstes au foyer. À cette époque, dans le but de les contrôler et les gérer de façon plus efficace, ces branches locales ont commencé à enquêter en détail sur les taoïstes au foyer. […] Li Yangzheng [chercheur a l'Association taoïste] estimait en 1996, sur la base de statistiques de l'Association, qu'il existait au moins 20 000 taoïstes au foyer [les estimations actuelles multiplient ce chiffre par au moins trois]. Les manifestations de l'enthousiasme des branches locales de l'Association pour mettre en place un contrôle bureaucratique des taoïstes au foyer au niveau de chaque district sont de plus en plus évidentes depuis la fin des années 1990. Ainsi, dans le district de Suzhou, un comité spécial pour l'enregistrement et le contrôle des taoïstes au foyer fut mis en place en 1997. Sous la direction de ce comité, des groupes de travail furent institués dans chaque canton et chaque village. Selon la loi, les taoïstes au foyer dûment « reformés » doivent s'enregistrer auprès de la branche locale de l'Association taoïste et recevoir un « certificat de taoïste de l'école Zhengyi » qui leur ouvre la possibilité légale de faire des rituels hors des temples taoïstes. L'Association fixe les vêtements liturgiques, les manuels et les instruments de musique devant être employés lors de ces rituels, et le renouvellement de leur certificat doit être conditionné par l'examen annuel de leurs activités [et leur respect des normes].

Lai Chi-tim, « Daoism in China Today », *in* Daniel L. Overmyer (dir.), *Religion in China Today*, China Quarterly Special Issues, 174, 2003, adaptation française Vincent Goossaert

REPÈRES HISTORIQUES

LA CHINE IMPÉRIALE

– **221-206 av. J.-C.** Dynastie Qin.
– **206 av.-220 apr. J.-C.** Dynastie Han.
– **221-581** Époque des Trois Royaumes et des Six Dynasties.
– **581-618** Dynastie Sui.
– **618-907** Dynastie Tang.
– **907-960** Cinq Dynasties.
– **907-1125** Dynastie Liao.
– **960-1279** Dynastie Song.
– **1115-1234** Dynastie Jin.
– **1279-1368** Dynastie Yuan (mongole).
– **1368-1644** Dynastie Ming.
– **1644-1911** Dynastie Qing (mandchoue).

BIBLIOGRAPHIE

INTRODUCTIONS GÉNÉRALES

– Pierre-Henry de Bruyn, *Le Taoïsme. Chemins de découvertes*, Paris, CNRS Éditions, 2009.
– Catherine Despeux, *Immortelles de la Chine ancienne. Taoïsme et alchimie féminine*, Puiseaux, Pardès, 1990.
– Catherine Despeux, *Taoïsme et corps humain. Le Xiuzhen tu*, Paris, Guy Trédaniel, 1994.
– Adeline Herrou, *La Vie entre soi. Les moines taoïstes aujourd'hui en Chine*, Nanterre, Société d'Ethnologie, 2005.
– Max Kaltenmark, *Lao Tseu et le taoïsme*, Paris, Seuil, 1965.
– Livia Kohn (dir.), *Daoism Handbook*, Leiden, Brill, 2000.
– John Lagerwey et Patrice Fava, *Le Continent des esprits. La Chine dans le miroir du taoïsme*, Bruxelles, La Renaissance du livre, 1991.
– Fabrizio Pregadio (dir.), *Encyclopaedia of Taoism*, Londres, Routledge Curzon, 2008.
– Isabelle Robinet, *Introduction à l'alchimie intérieure taoïste*, Paris, Le Cerf, 1995.
– Kristofer Schipper, *Le Corps taoïste*, Paris, Fayard, 1982.
– Kristofer Schipper, *La Religion de la Chine. La tradition vivante*, Paris, Fayard, 2008.

HISTOIRE DU TAOÏSME

– Isabelle Ang, « Le culte de Lü Dongbin sous les Song du Sud », *Journal asiatique*, 285(2), 1997, pp. 473-507.
– Vincent Goossaert, *The Taoists of Peking, 1800-1949. A Social History of Urban Clerics*, Cambridge, Harvard University Asia Center, 2007.
– Fang Ling et Vincent Goossaert, « Temples et taoïstes en Chine urbaine depuis 1980 », *Perspectives chinoises*, 4, 2009.
– Liu Xun, *Daoist Modern. Innovation, Lay Practice, and the Community of Inner Alchemy in Republican Shanghai*, Cambridge (Mass.), Harvard University Asia Center, 2009.
– Christine Mollier, *Buddhism and Taoism Face to Face: Scripture, Ritual, and Iconographic Exchange in Medieval China*, Honolulu, University of Hawai'i Press, 2008.
– David Palmer et Liu Xun (dir.), *Daoism in the 20th Century: Between Eternity and Modernity*, Berkeley, University of California Press, 2010.
– Michel Strickmann, *Le Taoïsme du Mao chan. Chronique d'une révélation*, Paris, Collège de France, Institut des hautes études chinoises, 1981.
– Franciscus Verellen, *Du Guangting (850-933) : taoïste de cour à la fin de la Chine médiévale*, Paris, Collège de France, Institut des hautes études chinoises, 1989.

TAOÏSME ET RELIGION CHINOISE

– Kenneth Dean, *Taoist Ritual and Popular Cults of Southeast China*, Princeton, Princeton University Press, 1993.
– Vincent Goossaert et David Palmer, *The Religious Question in Modern China*, Chicago, University of Chicago Press, 2010 (traduction française à paraître).
– Paul R. Katz, *Divine Justice: Religion and the Development of Chinese Legal Culture*, Londres, Routledge, 2008.
– John Lagerwey et Marc Kalinowski (dir.), *Early Chinese Religion. Part One: Shang through Han (1250 BC-220 AD)*, Leiden, Brill, 2009; *id.* et Lü Pengzhi (dir.), *Part Two: The Period of Division (220-589 AD)*, Leiden, Brill, 2009.
– Susan Naquin, *Peking. Temples and City Life, 1400-1900*, Berkeley, University of California Press, 2000.
– Rolf Stein, *Grottes-matrices et lieux saints de la déesse en Asie orientale*, Paris, École française d'Extrême-Orient, 1988.
– Michel Strickmann, *Chinese Poetry and Prophecy. The Written Oracle in East Asia*, Stanford, Stanford University Press, 2005.

ART TAOÏSTE

– Patrice Fava, *Aux Portes du Ciel*, Paris, EFEO, à paraître (2010).
– Lennert Gesterkamp, *The Heavenly Court. The Iconopraxis of Daoist Temple Painting, 1200-1400*, Brill, Leiden, à paraître.
– Caroline Gyss, *La Vie et l'œuvre de Huang*

Gongwang (1269-1354), Paris, Collège de France, Institut des hautes études chinoises, 1984.
– Caroline Gyss, « Les messagers divins et leur iconographie », *Arts asiatiques*, 46, 1991, pp. 96-110.
– Stephen Little, avec Shawn Eichman, *Taoism and the Arts of China*, Chicago, Art Institute of Chicago, 2000.
– Yau Chi-on et Yau Hok Wa (dir.), *The Studio and the Altar. Daoist Art in China*, Hong Kong, Art Museum, Chinese University of Hong Kong, 2008.

MUSIQUES TAOÏSTES

– *Chinese Taoist Music*, enregistrements John Levy, Kristofer Schipper, Lyrichord LLST-7223 (1969), réédition LP *Musica taoista cinese*, Albatros VPA 8442, 1979.
– *Dao zhi yue / Music of Taoism. Shanghai Taoist Music*, ensemble arrangé par la Shanghai Taoist Association, compositeur : Zhou Chengong, chef d'orchestre : Fu Peihua, CD-0021 IRSC CN E08-01-0071-O/A.J.
– *Musique taoïste*, Cité de la musique, Paris, 5 septembre 1998, enregistrement Radio France, à paraître chez Ocora Radio France.

TEXTES CLASSIQUES

– Brigitte Berthier, *La Dame-du-Bord-de-l'Eau*, Nanterre, Société d'Ethnologie, 1988.
– Philippe Che (trad.), Ge Hong, *La Voie des divins immortels*, Paris, Gallimard, 1999.
– Catherine Despeux (trad.), *Zhao Bichen, Traité d'alchimie et de physiologie taoïste*, Paris, Les Deux Océans, 1979.
Terry F. Kleeman, *A God's Own Tale. The Book of Transformations of Wenchang, the Divine Lord of Zitong*, Albany, State University of New York Press, 1994.
– Nadine Perront (trad.), Wu Yuantai, *Pérégrination vers l'Est*, Paris, Gallimard, 1993.
– Kristofer Schipper et Franciscus Verellen (dir.), *The Taoist Canon*, Chicago, University of Chicago Press, 2005.

REVUES SCIENTIFIQUES

– *Cahiers d'Extrême Asie*, publiés par l'École française d'Extrême-Orient (EFEO).
– *Daoism. History, Religion and Society*, publiés par l'EFEO et l'Université chinoise de Hong Kong.
– *Journal of Chinese Religions*, publié par la Society for the Study of Chinese Religions.
– *Asia Major*, publié par l'Academia Sinica (Taiwan).
– *Journal of Daoist Studies*, publié par Three Pines Press.

SITES WEB

– Projet « Temples et taoïstes » : www.gsrl.cnrs.fr/taoist-and-temple/
– Projet « Daozang Jiyao » : www.daozangjiyao.org/DZJY_E/Project.html
– EFEO : www.efeo.fr
– Site web de James Miller : www.daoiststudies.org/dao/
– Site web de Louis Komjathy : www.daoistcenter.org/
– Site web de Fabrizio Pregadio : www.goldenelixir.com/

TABLE DES ILLUSTRATIONS

COUVERTURE

OUVERTURE

CHAPITRE 1

Chinese University of Hong Kong Art Museum.
12 Première page du *Laozi Daodejing*, manuscrit d'époque Tang, VIIIe siècle. Bibliothèque nationale de France [BnF], Paris.
13h Laozi rencontre son disciple Yin Xi lors de son départ vers l'Ouest, peinture sur soie de Jiang Xun (1764-1821), dynastie Qing. Musée Guimet-musée national des Arts asiatiques, Paris.
13b Laozi sur son buffle, sculpture en bronze, s.d. Oriental Museum, Durham University.
14 Immortel agenouillé portant une lampe, bronze, dynastie des Han antérieurs. Coll. part., Paris.
15 Stèle en pierre calcaire à la mémoire de l'immortel Fei Zhi, dynastie des Han de l'Est, 169 apr. J.-C.
16 Représentation de la Grande Ourse et des vingt-huit constellations sur un couvercle de coffre provenant de la tombe du marquis Yi de Zeng, Hubei, bois laqué, v. 433 av. J.-C. Musée provincial du Hubei, Wuhan.
17h Carte montrant la diffusion de l'Église des Maîtres célestes à la fin des Han. Cartographie d'Édigraphie, Rouen.
17b Représentation de la Reine-Mère de l'Ouest, Xiwangmu, sur un trône mi-tigre, mi-dragon, estampage d'une brique de terre cuite gravée de la dynastie des Han de l'Est, IIe siècle apr. J.-C., Sichuan.
18h Wang Xizhi contemplant les oies, rouleau horizontal, encre et couleurs sur papier de Qian Xuan (v. 1235-1307), dynastie Yuan, v. 1295. The Metropolitan Museum of Art, New York.
18b Portrait du lettré Tao Hongjing (456-536) compilateur de la révélation *Shangqing*, encre et couleurs sur papier, colophon daté 1344, dynastie Yuan. Musée national du Palais, Taipei.
19 « Préface au Pavillon des orchidées », rédigée en 353 par Wang Xizhi, copie anonyme d'époque Tang, VIIIe siècle. BnF, Paris.
20 Fascicules du « Canon taoïste de la dynastie des Ming » (*Zhengtong Daozang*) et leur étui, édition xylographiée, 1598. *Ibidem*.
21 Panthéon taoïste, frontispice illustré, *idem*.
22h « Les trois enseignements n'en font qu'un » (*Sanjiao heyi*) : représentation du Bouddha, de Confucius et de Laozi, estampage d'après une pierre gravée du temple de Shaolin.
22b Divinité taoïste et petit bouddha debout sculptés dans le roc, falaise de Kongwanshan, province du Jiangsu, Ier-IIe siècle apr. J.-C.
23 Laozi déifié entouré de deux assistants (deux donateurs, mains jointes devant un brûle-encens, et une inscription gravés sur le soubassement), stèle sculptée en grès, dynastie des Wei du Nord, datée 515. Musée municipal d'Osaka.
24 Xu Xun, divinité taoïste, portant une coiffe à décor de dragons et une tablette de cour, statuette en bois provenant du Jiangxi, fin XIXe siècle. Coll. Patrice Fava.
25 « Les trois Seigneurs véritables Mao », dieux locaux des monts Mao (région de Nankin), peinture sur papier, XIXe siècle. Coll. Patrice Fava.
26-27 Les « Régents des onze étoiles brillantes » (à leur tête, la Lune [à gauche] et le Soleil [à droite]), encre, or et couleurs sur soie, peinture liturgique, dynastie Ming, 1454. Musée Guimet-musée national des Arts asiatiques, Paris.
28 « Le Général des friches et les esprits des eaux, de la terre et de l'air et du règne végétal » encre, or et couleurs sur soie, peinture liturgique, dynastie Ming, 1454. Musée Guimet-musée national des Arts asiatiques, Paris.
29 « Les Empereurs des Cinq Directions et l'Empereur du Mont Changbo qui ouvre les cieux », encre, or et couleurs sur soie, peinture liturgique, dynastie Ming, 1454. *Ibidem*.
30-31 Panthéon taoïste avec, au centre, l'Empereur de Jade surmonté des Trois Purs, manteau rituel de prêtre taoïste en soie brodée, dynastie Qing, v. 1650-1700. The Victoria and Albert Museum, Londres.
32 Le 62e Maître céleste, Zhang Yuanxu, photographie de Carl Kupfer, v. 1900.
33 Destruction d'un temple confucéen par des gardes rouges pendant la Révolution culturelle, région du Shandong, photographie, v. 1966.

CHAPITRE 2

34 Rituel taoïste à la cour impériale, encre et couleurs sur soie, dynastie Qing, v. 1723-1726. Arthur M. Sackler Gallery, Smithsonian Institution, Washington.
35 Clôture d'un rituel funéraire à Taiwan : les officiants taoïstes vont confier l'écrit du pardon au messager divin (statuette de papier collé de dos, sur la table) qui l'apportera à l'administration divine concernée.
36 Moine taoïste assis auprès d'une affiche figurant le symbole du *yin* et du *yang* entouré des huit trigrammes, mont Wudang.
37 Le caractère *qi*, « le souffle primordial », sous la forme calligraphiée d'un puissant talisman, d'après le *Daofa huiyuan*. Coll. part.
38 Carte céleste, gravure du XIIIe siècle.
39h Le « Pas de Yu »,

上清天

Miaofengshan près de Pékin.
53 Maître taoïste lors d'un rituel d'offrande de trois jours, région du Hunan.
54g Rituel d'ordination dans le Hunan : un drapeau portant des talismans est sur le point d'être hissé au sommet d'un mât de bambou afin d'être noué par le vent.
54d Le novice est prêt à recevoir les livres et instruments liturgiques de son sacerdoce de prêtre taoïste.
55 Rituel funéraire : les maîtres taoïstes conduisent la procession de la famille en deuil autour de la tombe.

CHAPITRE 3

56 Moine taoïste en méditation dans un monastère du mont Wudang, province du Hubei.
57 Les points d'acupuncture du visage figurés sur un mannequin.
58 Carte du corps humain (*Xiuzhentu*), estampage d'une stèle au temple taoïste des Huit Immortels, Xi'an.
59 Illustration des cinq viscères suivant la théorie des correspondances : les cinq viscères (cœur, poumons, foie, reins, rate) sont figurés sous la forme de cinq dragons associés aux couleurs des cinq éléments.
60 Représentation des sept âmes *po* de nature *yin* et des trois âmes *hun*, de nature *yang*, sous l'aspect de jeunes taoïstes, gravure, XVIIIe siècle.
61 Carte illustrant la circulation intérieure dans le corps humain (le *Neijingtu*), gravure, début XXe siècle.
62 Médecin taoïste au temple de Zixiaogong, mont Wudang.
63g Sun Simiao, saint patron des médecins, statuette de bois avec des restes de polychromie, Hunan, fin XIXe siècle. Coll. Patrice Fava.
63d Page de titre du livre de *materia medica* de Shennong, commenté par Miao Zhongchun, édition du XVIIe siècle. BnF, Paris.
64 Les 44 attitudes de la gymnastique taoïste, *daoyin* (détail), reconstitution d'une peinture sur soie provenant d'une tombe de Mawangdui, IIe siècle av. J.-C. Coll. part.
65 Cours de *taijiquan* dans le monastère de Zixiaogong, mont Wudang.
66 Le « Champignon magique de l'eau », gravure extraite d'une encyclopédie des Song conservée dans le « Canon taoïste de la dynastie des Ming » (*Zhengtong Daozang*), édition xylographiée, 1598. BnF, Paris.
67 Cueillette de simples, détail de « Aube de printemps à la terrasse de l'élixir », encre et couleurs sur papier par Wen Boren (1502-1575), dynastie Ming. Musée national du Palais, Taipei.
68h Douze hexagrammes entourant le cycle des transformations du corps, gravure extraite du manuel d'alchimie taoïste *Daoyuan yiqi*, de Cao Heng, début XVIIe siècle. Coll. part.
68b Méditant taoïste, gravure, *idem*.
69 Enfançon sortant du corps de l'adepte, page de manuscrit extraite d'un manuel d'alchimie taoïste coréen, XVIIe siècle. Musée d'Onyang, Corée-du-Sud.
70 Tanyangzi, maître taoïste féminin ayant accédé à l'immortalité, rouleau vertical, encre et couleurs sur soie, par You Qiu, dynastie Ming, 1580. Musée de Shanghai.
71 Bixia yuanjun, la Princesse des Nuages de l'aurore en méditation dans un paysage, détail du double feuillet (nº 8) tiré d'une série de vingt-deux peintures décrivant l'accession à l'immortalité de la déesse, fille de l'Empereur du Pic de l'Est. Temple des Nuages blancs (Baiyunguan), Pékin.
72 L'immortel Lü Dongbin, rouleau

vertical, encre et couleurs sur soie, dynastie Yuan, XIIIe siècle-début XIVe siècle. The Nelson Atkins Museum of Art, Kansas City.
73 Écriture inspirée : le bâton tenu par les médiums trace des caractères dans le sable, Macao, 2008.
74-75 « Xu, le Seigneur parfait, une fois son œuvre accomplie, enlève tout ce qui est dans la maison et s'élève vers le Ciel en volant », feuillet extrait des « Images anciennes des trois enseignements », encre et couleurs sur soie, dynastie Ming (1368-1644). Musée Guimet-musée national des Arts asiatiques, Paris.

CHAPITRE 4

76 Dévots brûlant de l'encens à l'occasion des fêtes du Nouvel an, temple Wong Tai Sin, Kowloon, Hong Kong.
77 Paquet de vermicelle chinois avec une représentation du dieu de la Longévité (Shoulao).
78 Autel d'un dieu du Sol dans le Hunan.
79 Monastères taoïstes sur le mont Wudang, province du Hubei.
80-81 Temple des Nuages pourpres (Zixiaogong), mont Wudang, province du Hubei.
82 Autel du maître taoïste Chen Demei avec au centre les peintures des Trois Purs et autour des images en papier de dieux, Hunan.
83 Maître taoïste calligraphiant un talisman d'ouverture de la Porte des enfers à la pointe de son épée d'exorciste, lors d'un rituel pour les défunts, Taïwan.
84 Temple du Pic de l'Est (Dongyuemiao) à Pékin.
85 Fête annuelle dans un temple de Hongsheng, Saikung, Hong Kong.
86 Autel dressé en plein air pour un rituel Leijiao, surmonté de talismans, Hunan.
87h Maître taoïste pratiquant chez lui un rite exorciste (vaporisation d'eau lustrale) sur un bébé, Taiwan.
87b Cérémonie en plein air à la mémoire des défunts lors du Nouvel An chinois, dans la province du Sichuan.
88 Statue géante du dieu Xuantian shangdi (Xuanwu) à Gaoxiong, Taiwan.
89 Dévots au temple Wong Tai Sin à Kowloon, Hong Kong.
90 Démonstration d'arts martiaux à l'occasion de la première exposition internationale de peinture et calligraphie taoïste, Pékin, 2007.
91h Statue de l'Empereur Guan (Guandi), dieu des richesses, dans un centre commercial chinois.
91b Couvertures de revues taoïstes chinoises.
92h Affiche de *Tigre et Dragon*, film de Ang Lee, 2000.
92b Bande dessinée de Cai Zhizhong illustrant des histoires tirées du *Zhuangzi.*
93 Scène extraite du *Singe fou du kung-fu*, film de Liu Chia-Liang, 1979.
94h Cours de *taijiquan* à Londres.
94b Publicité pour la Taoist Tai Chi Society.
95h Intérieur d'un temple taoïste à Vancouver.
95b Couverture du *Tao-tö-king* de Lao-tseu (*Laozi Daodejing*), Gallimard, coll. « Folio ».
96 Moines taoïstes du Hunan.

TÉMOIGNAGES ET DOCUMENTS

97 Symbole du yin et du yang, gravure extraite du « Compendium des diagrammes » (Tushubian), dynastie Ming, 1623.
101 Portrait de Lü Dongbin sur une grue, gravure, 1939.
109 Wang Zhe (1113-1170) illustrant son enseignement par une image de squelette, détail d'une peinture murale, v. 1358. Pavillon dédié au fondateur du taoïsme Quanzhen, Temple du Yonglegong (province du Shaanxi).
115 Tract pour inciter les gens à ne plus manger de viande bovine *in* Henri Doré, *Recherche sur les superstitions en Chine*, 1911-1928. Coll. part.
123 Le ciel de la Haute Pureté où réside le Vénérable Céleste du Joyau sacré (Lingbao tianzun), gravure extraite du « Livre des mille tableau de l'empyrée » (*Daqiantu shuo*), édition de 1916. Coll. Patrice Fava.
124 Talisman, gravure extraite du « Canon taoïste de la dynastie des Ming » (*Zhengtong Daozang*), édition xylographiée, 1598. BnF, Paris.

INDEX

A - B

C - D

CRÉDITS PHOTOGRAPHIQUES

Administrative Committee of Cultural Relics, Yanshi 15. AFP/Imagine China 90, 91h. Akg, Paris 22h. Akg/Werner Forman Archive/The Palace Museum, Pékin 41g. Arthur M. Sackler Gallery, Smithsonian Institution, Washington 34. Baiyunguan, Pékin 71. BnF, Paris 12, 19, 20, 21, 39h, 63d, 66. BPK, Berlin, dist. RMN/Martin Franken 61. Bridgeman-Giraudon/Oriental Museum, Durham University 13b. Coll. part. 14, 17b, 32, 68h, 68b, 92b, 97, 101, 115. Corbis/Kevin Fleming 76. Corbis/Dave G. Houser 89. Corbis/Eurasia Press/Steven Vidler 88. D.R. 33. David Palmer 73. Édigraphie 17h. Éditions Gallimard 95b. Eyedea/Le Tourneur d'Ison Cyril 80-81. Patrice Fava 1er plat, 1, 2, 3, 4, 5, 6, 7, 24, 25, 35, 37, 44, 46, 48g, 48d, 49, 50g, 50d, 51g, 51d, 52, 53, 54g, 54d, 55, 63g, 78, 82, 83, 86, 87h, 96, 123. Gallimard/Patrick Léger 77, 91b. Getty Images/China Photos 87b. Getty Images/Tim Platt 94h. Godong/Pascal Deloche 57. Vincent Goossaert 85. Hoa-Qui/AGE fotostock/Luis Castañeda 84. Liaoning Provincial Museum, Shenyang 42. Metropolitan Museum of Art, New York, dist. RMN/Image of the MMA 18h, 43, 45. Musée Chine 11. Musée de Shanghai 70. Musée Guimet, Paris 47. Musée national du Palais, Taipei 18b, 41d, 67. Musée provincial du Hunan, Changsha 40. Nelson Atkins Museum of Art, Kansas City 72. Osaka Municipal Museum of Art, Yamaguchi Collection 23. Christine Kontler 22b. Photononstop/Look/Karl Johaentges 2e plat, 56, 79. Prod DB © EDKO-United China Vision-Columbia Asia/DR 92h. Prod DB © Show Brothers/DR 93. Rapho/Roland et Sabrina Michaud Dos, 9, 10, 16, 36, 38, 58h, 58b, 59, 60, 64, 69. REA/François Perri 62, 65. REA-LAIF/Peter Gebhard 95h. RMN (Musée Guimet, Paris)/ Richard Lambert 28. RMN (Musée Guimet, Paris)/ Thierry Ollivier 26, 27, 29, 39b, 74-75. RMN (Musée Guimet, Paris)/Guislain Vanneste 13h. Scala/ Victoria and Albert Museum, Londres 30-31. Yongle Gong 109.

REMERCIEMENTS

Les auteurs remercient toute l'équipe de Découvertes Gallimard et les collègues et ami(e)s qui les ont aidés dans leur réflexion et recherche de documents : Patrice Fava, Fang Ling, Vincent Durand-Dastès, David Palmer, Ji Zhe, Christine Kontler, Liu Xun ainsi que tou(te)s les taoïstes qui les ont accueillis en Chine et ailleurs depuis plus de vingt ans.

ÉDITION ET FABRICATION

DÉCOUVERTES GALLIMARD
COLLECTION CONÇUE PAR Pierre Marchand.
DIRECTION Elisabeth de Farcy.
COORDINATION ÉDITORIALE Anne Lemaire.
GRAPHISME Alain Gouessant.
COORDINATION ICONOGRAPHIQUE Isabelle de Latour.
SUIVI DE PRODUCTION Géraldine Blanc et Perrine Auclair.
SUIVI DE PARTENARIAT Madeleine Giai-Levra.
RESPONSABLE COMMUNICATION ET PRESSE Valérie Tolstoï.
PRESSE David Ducreux.

LE TAOÏSME, LA RÉVÉLATION CONTINUE
ÉDITION Laurent Lempereur.
ICONOGRAPHIE Any-Claude Médioni.
MAQUETTE Hélène Arnaud.
LECTURE-CORRECTION Pierre Granet et Jocelyne Moussart.
PHOTOGRAVURE Station graphique.

Vincent Goossaert est historien des religions, directeur de recherche au CNRS et directeur-adjoint du « Groupe Sociétés, Religions, Laïcités » (GSRL, EPHE-CNRS). Il est l'auteur de *L'Interdit du bœuf en Chine. Agriculture, éthique et sacrifice* (Collège de France, Institut des hautes études chinoises, 2005), *The Taoists of Peking. A Social History of Urban Clerics* (Harvard University Press, 2007) et *The Religious Question in Modern China* (University of Chicago Press, 2010).

Caroline Gyss est historienne de l'art, spécialiste de l'art religieux de la Chine moderne. Elle est chargée de recherche au CNRS et membre du GSRL. Elle est l'auteure de *La Vie et l'œuvre de Huang Gongwang* (Collège de France, Institut des hautes études chinoises, 1984) et d'articles sur l'art chinois et sur le panthéon bouddho-taoïste de la Chine des Song aux Qing.

À nos enfants, Étienne et Antoine, Jean et Lou,
qui n'ont pas encore trouvé leur Voie.

Dépôt légal : mars 2010
Numéro d'édition : 172061
ISBN Gallimard : 978-2-07-043653-8
ISBN RMN : 978-2-71-185737-1
Imprimé en France par IME